Scripto

Louise Rennison

Mon nez, mon chat, l'amour et... moi

Traduit de l'anglais par Catherine Gibert

LE JOURNAL INTIME DE GEORGIA NICOLSON

Gallimard

A Mutti, à Vati, à ma petite sœur et à Angus.
Mon gros monstre velu est peut-être bien monté
au paradis des chats mais j'ai toujours
les marques de ses griffes sur les chevilles.
Mais aussi à Brenda,
à Jude et à la bande géniale de Piccadilly.
Et merci à John Nicolson.

Titre original : *Angus, Thongs and Full-frontal Snogging*
Further, further confessions of Georgia Nicolson
Édition originale publiée par Piccadilly Press, Londres, 1999

AOÛT

« LE PROMENADE MYSTÉRIEUX »

Dimanche 23 août

Dans ma chambre
Il pleut

10 h 00 Oncle Eddie est passé voir papa et, comme de bien entendu, il a fallu qu'ils viennent rôder tous les deux dans ma chambre pour voir ce que je faisais. Si oncle Eddie (qui est plus chauve que chauve) me dit encore une fois : « Dis, tu crois que ça se tartine les boules de billard ? », je crois que je me tuerai. Il n'a pas l'air de se rendre compte que ça fait un moment que j'ai remisé la barboteuse. J'ai envie de lui hurler à la tronche : « J'ai quatorze ans, oncle Eddie ! Je déborde de féminité ! Je te ferai dire que je mets un soutif ! D'accord, je ne le remplis pas et il lui arrive de remonter jusqu'au cou quand je cours pour attraper le bus… mais mon potentiel femme est là, Tête d'Œuf ! »

A propos de poitrine, j'ai peur de finir comme toutes les femmes de la famille, avec des seins d'un seul tenant, genre étagère. Si maman a les mains prises, elle peut toujours poser des trucs en équilibre sur les siens. A une soirée, par exemple, si elle a un canapé dans une main et un verre dans l'autre, elle a encore la possibilité de mettre un amuse-gueule de côté sur son étagère. C'est antisexe à mort. Ce que je voudrais, c'est avoir un volume mammaire correct mais pas que ça aille trop loin comme Melanie Andrews, par exemple. J'ai eu un de ces chocs quand je l'ai vue dans les douches après le hockey le trimestre dernier ! Son soutif, c'est simple, on aurait dit deux filets à provisions. Je me demande si elle n'est pas un peu déséquilibrée côté hormones. Ce qu'il y a de sûr, c'est que déséquilibrée, elle l'est quand elle court après le ballon. La dernière fois, j'ai bien cru que le poids de ses « flotteurs », comme les appelle finement Jas, allait la propulser dans la palissade.

Toujours dans ma chambre
Toujours la pluie
Toujours dimanche

11 h 30 Je ne vois pas pourquoi je n'ai pas le droit d'avoir de verrou sur ma porte. Bonjour l'intimité ! Ma chambre, c'est clair, on dirait un vrai hall de gare. Dans cette baraque, dès que j'aborde le sujet, tout le monde secoue la tête en faisant des *tss tss tss* contrariés. J'ai l'impression de vivre dans une maison habitée par des poules en robe et en pantalon. Ou une maison habitée par des petits chiens en peluche qui dodelinent de la tête, ou une maison habitée par... bref... résultat des courses, je ne peux pas avoir de verrou sur ma porte.

– Et pourquoi pas ? j'ai demandé à maman sans même m'énerver (profitant d'un des rares moments où elle n'est pas fourrée à son cours d'italien ou sortie s'éclater chez des copains).

– Parce que si tu avais un accident, on ne pourrait pas entrer.

– Quel genre d'accident ?

– Ben… tu pourrais t'évanouir.

Et là, papa s'en est mêlé.

– Tu pourrais mettre le feu à ton lit et être intoxiquée par la fumée.

Mais qu'est-ce qu'ils ont tous ? Je sais pourquoi ils ne veulent pas que j'aie un verrou sur ma porte, parce que ce foutu verrou annoncerait mon entrée dans l'âge adulte et ça, ça les rend malades. Parce que là, sans doute, il faudrait qu'ils s'occupent de leurs affaires et qu'ils cessent de fourrer leur nez dans les miennes.

Toujours dimanche

11 h 35 Dans ma vie, il y a six trucs graves de chez grave :

1. J'ai un bouton, style juste sous la peau et qui, au lieu de sortir, continue à mûrir sournoisement par en dessous, bien rouge et bien décidé à squatter l'emplacement au moins deux ans.
2. Le bouton est sur mon nez.
3. Ma petite sœur qui a trois ans a sans doute fait pipi quelque part dans ma chambre.
4. Dans quatorze jours, les grandes vacances seront terminées et ce sera retour au stalag 14 et à *Oberführer* Frau Simpson et sa bande de « profs » sadiques.
5. Je suis très laide et je mérite de vivre dans un hospice pour laids.
6. Je suis allée à une fête, déguisée en olive fourrée.

11 h 40 OK, ça suffit comme ça. Je tourne une nouvelle page. Dans le *Cosmo* de maman, je suis tombée sur un article qui expliquait comment il fallait faire pour être heureuse quand on ne l'est pas (ce qui est mon cas). Le titre disait : « Apprenez à maîtriser vos émotions. » Voilà ce qu'ils conseillaient de faire. Premièrement : « Se remémorer ». Deuxièmement : « Revivre » et troisièmement : CICATRISER. Donc, on repense à un truc qui nous a mis mal en se rappelant tous les détails immondes... Ça, c'est pour la partie « Se remémorer » , après ça, on doit revivre le malaise à fond en reconnaissant qu'on était super mal et ensuite, il n'y a plus qu'à SE LIBÉRER.

14 h 00 Oncle Eddie est parti, Dieu merci ! Sans rire, il m'a demandé si je voulais faire un tour dans son side-car. Tous les vieux vivent sur Xenon ou quoi ? Mais qu'est-ce qu'il voulait que je lui dise ? « Oui bien sûr, oncle Eddie, je serais ravie de monter sur ta bécane d'avant-guerre parce qu'avec un peu de chance toutes mes copines me verront passer en compagnie d'un gros nase atrocement chauve et je pourrai faire une croix sur ma vie. Merci. »

16 h 00 Jas est passée. Elle m'a dit qu'en rentrant de la soirée déguisée, elle avait mis des plombes à retirer son costume de chat. Ça m'intéressait moyen mais j'ai quand même demandé pourquoi, par politesse.

– Ben, le vendeur de la boutique de location de costumes était vraiment trop craquant.

– Oui et alors ?

– Alors, j'ai pas voulu lui dire ma vraie taille. J'ai pris du trente-six au lieu de prendre du trente-huit.

Elle m'a montré les marques que ça lui avait fait autour du cou et de la taille. Carrément balèzes ! Alors, je lui ai fait :

– Tu serais pas un peu enflée de la tête, toi ?

– Mais non, ça, c'est l'effet dimanche.

Je lui ai parlé de l'article de *Cosmo* et on a passé des heures à se remémorer la soirée déguisée (comprendre : le truc qui met mal) et à revivre le malaise… pour cicatriser.

Tout est sa faute. C'est peut-être bien moi qui ai eu l'idée de l'olive fourrée mais si ça avait été une vraie copine, elle m'aurait empêchée de le faire. En fait, c'est elle qui m'a poussée. La partie « olive », on l'a faite avec du fil de fer et du papier crépon vert. Ensuite, on a mis des petites bretelles au costume pour qu'il tienne bien en place et j'ai enfilé un T-shirt et des collants verts par en dessous. C'est pour le « fourrage » que Jas a le plus aidé. Si je me souviens bien, c'est elle qui a suggéré qu'on se serve de Crazy Colour pour me colorier en rouge les cheveux, la tête et le cou… façon piment. C'est vrai que sur le moment on a bien rigolé. Je veux dire tant qu'on a été dans ma chambre. Les choses ont commencé à se gâter quand j'ai voulu en sortir. Premièrement, la descente de l'escalier s'est faite en crabe. Obligée.

Je n'étais pas arrivée à la porte d'entrée qu'il fallait que je remonte illico changer de collants. Mon chat, Angus, venait de succomber pour la énième fois à un « appel de la forêt » .

Ce chat est gravement givré. Je l'ai trouvé à Loch Lomond en Écosse dans le jardin de la pension de famille où on passait nos vacances avec les parents. La pension s'appelait « Au bon coin » , c'est vous dire le style des vacances.

Le jour où il a saccagé mon pull quand je l'ai pris dans mes bras, j'aurais dû me douter qu'au rayon chat tout ne tournait pas rond. Mais il était tellement mignon comme chaton, tout tigré avec des poils longs et d'immenses yeux jaunes. Déjà petit, on aurait dit un bébé chien. J'ai supplié mon père de me laisser le ramener à la maison.

– S'il reste ici, il mourra. Il a pas de papa et il a pas de maman.

A quoi il a répondu :

– C'est probablement parce qu'il les a mangés.

Honnêtement, il y a des moments où il n'a vraiment pas de cœur. Alors j'ai tanné maman à mort et j'ai fini par avoir gain de cause. C'est vrai que la dame de la pension de famille nous avait prévenus qu'Angus était probablement un croisé de tigré et de chat sauvage écossais. Je me souviens qu'à l'époque j'avais trouvé ça follement exotique. Je ne pouvais pas me douter que question taille il pencherait furieusement vers le labrador adolescent et qu'en prime, il serait carrément secoué. Au début, je le promenais en laisse mais, comme j'ai dû l'expliquer à la Mère Porte-à-Côté, la laisse, il l'a mangée.

Tout ça pour dire qu'il y a des moments où l'appel des Highlands se fait sentir de façon irrésistible. Donc pour résumer, j'étais en train de faire mon passage en olive fourrée quand le monstre a jailli hors de sa super cachette derrière les rideaux (ou plutôt devrais-je dire « tanière » au lieu de cachette car c'est sûrement comme ça qu'il voit les choses dans sa tête de chat) et qu'il s'est jeté sur mes collants, ou « proie » si on va par là. J'aurais bien voulu lui filer un coup sur le crâne pour lui faire lâcher prise mais cet imbécile ne cessait de bondir d'un côté puis de l'autre, inlassablement. Au bout du compte, j'ai réussi à attraper un balai qui traînait près de la porte d'entrée et j'ai fini par m'en débarrasser en lui tapant dessus.

Mais ça n'était pas fini. Ensuite, impossible de monter dans la Volvo de papa.

– Pourquoi tu n'enlèves pas la partie olive ? On n'a qu'à la mettre dans le coffre.

Franchement, où est le problème ?

– Papa, si tu crois que je vais m'asseoir à côté de toi en collants et T-shirt verts, tu as pété une durite.

Il s'est mis en rogne comme tous les parents du monde dès qu'on leur fait remarquer à quel point ils sont stupides et à côté de la plaque.

– Si c'est ça, tu n'as qu'à marcher… Moi je roulerai tout doucement à côté avec Jas.

Pince-moi, je rêve.

– Si je dois marcher, pourquoi est-ce qu'on n'y va pas à pied avec Jas et qu'on oublie l'auto ?

Il a pris cet air pincé que prennent les pères quand ils se croient intelligents.

– Parce que je veux être sûr que vous êtes bien arrivées. Et qu'en plus je ne veux pas que tu traînes le soir dans la rue.

J'y crois pas !

– Qu'est-ce que je pourrais bien faire le soir dans la rue, déguisée en olive fourrée… taper l'incruste dans une soirée mondaine ?

Jas a souri discréto mais papa m'a joué les pères offusqués.

– Ne me parle pas sur ce ton sinon tu ne sors pas du tout.

C'est quoi le problème ?

Quand on est finalement arrivés à la fête (moi marchant à côté de la Volvo et papa roulant à deux à l'heure), c'est là que l'enfer a commencé. Au début, l'olive fourrée a fait rire tout le monde mais cinq minutes après, plus personne ne faisait attention à moi. Par une sorte de provocation propre aux olives fourrées, je me suis lancée sur la piste de danse, seule. Mais là, l'hécatombe. Le moindre bibelot dans mon rayon d'action se trouvait gravement projeté au sol. Résultat des courses, le type de la fête s'est précipité pour me demander de m'asseoir. J'aurais bien voulu lui faire plaisir mais impossible avec ce truc. Total, j'étais dehors à attendre papa une plombe avant l'heure prévue et j'ai fini par mettre le costume d'olive dans le coffre. On n'a pas échangé un mot de tout le retour.

De son côté, Jas a passé une super soirée. Elle m'a raconté qu'elle était littéralement encerclée par les Tarzan, les Robin des bois, les James Bond… (Les garçons ont une imagination si fertile… Je plaisante.)

La phrase « Se remémorer » m'a filé un peu le cafard.

– Je te ferai dire que moi aussi, j'aurais pu avoir plein de garçons autour de moi si j'avais pas été déguisée en olive fourrée.

Alors, elle m'a fait :

– Écoute, Georgia, tu avais trouvé ça drôle et j'avais trouvé ça drôle, d'accord, mais n'oublie jamais une chose : les garçons ne pensent pas que les filles sont faites pour être drôles.

Elle était tellement agaçante avec son air atrocement « sage » et « mûr » . Non mais qu'est-ce qu'elle y connaissait aux garçons ? Bon Dieu que sa frange était énervante ! Mais ferme-la donc, Miss Frangette de mes deux !

– Alors d'après toi, c'est ça qu'ils veulent, les garçons ? Des fifilles en costume de chat qui battent des cils ?

Par la fenêtre de ma chambre, je voyais le caniche d'à côté sauter contre la palissade en jappant comme un sourd. Ne me dites pas qu'il essayait de faire peur à Angus… Pauvre poulet !

Et Jas qui continuait sur le même ton docte :

– Exactement, c'est ça qu'ils veulent. Ils adorent les filles un peu douces, pas celles qui sont… tu vois, quoi.

Elle refermait son sac à dos.
– Qui sont quoi ?
– Faut que je rentre. On dîne tôt ce soir.
Elle était sur le point de partir et je savais que j'aurais dû la boucler. Mais vous voyez ce que je veux dire, les fois où il vaudrait mieux la boucler parce qu'il vaudrait mieux la boucler… mais où on insiste quand même ? C'était pile poil ça.
– Vas-y, dis-le… qui sont quoi ?
En descendant les escaliers, elle a grommelé un truc inaudible.
Au moment où elle franchissait la porte, j'ai hurlé :
– Qui sont comme moi, c'est ça ?

23 h 00 Je commence déjà à en avoir marre des garçons et je n'ai encore jamais eu affaire à eux.

minuit Dieu, je T'en supplie, ne fais pas que je sois obligée de devenir lesbienne comme Kate Super-Velue ou Mlle Stamp.

00 h 10 Au fait, elles font quoi les lesbiennes ?

Lundi 24 août

17 h 00 Pas le moindre appel. Je serais morte que ce serait pareil. Si c'est ça, je me couche tôt.

17 h 30 Libby s'est glissée dans mon lit en faisant « Hahahahahahahahaha ! » si longtemps que j'ai fini par me lever. Elle est trop mignonne même si elle ne sent pas tout à fait la rose. Au moins, elle, elle m'aime et ne voit pas d'inconvénient à ce que j'aie de l'humour.

19 h 00 Coup de fil d'Ellen et de Jools d'une cabine téléphonique. Elles parlaient à tour de rôle avec l'accent français. Demain, on se fait la balade mystère. Ou plutôt : *Le Promenade Mystérieux.*

22 h 30 Me suis fait un masque au jaune d'œuf au cas où on croiserait *le garçons merveilleuse* sur notre chemin.

Mardi 25 août

9 h 00 Me suis réveillée en pensant que j'avais la figure paralysée. J'ai eu une de ces pétoches ! Ma peau était dure comme du bois et je n'arrivais plus à ouvrir les yeux. Heureusement que je me suis souvenue que je m'étais fait un masque. Si ça se trouve, je me suis endormie en lisant. C'est la dernière fois que je me couche tôt. Ça me fait trop gonfler les yeux. Avec cette tête-là, on dirait que j'ai de vagues origines orientales. En matière d'exotisme, ce qu'on fait de plus approchant dans la famille, c'est tante Kath. Elle peut pousser la chansonnette en chinois mais à condition d'avoir quelques verres de vin dans le nez.

11 h 00 Pris rendez-vous avec Ellen et Jools chez Whiteleys pour *Le Promenade Mystérieux.* On s'est mises d'accord pour une « tenue sport décontractée ». Total, j'ai mis mon pantalon de ski, des boots, un haut noir à col roulé et une veste en PVC. J'ai opté pour le look Brigitte Bardot jeune, ce qui est totalement ridicule dans la mesure où : a) je ne lui ressemble ni de près ni de loin, et b) je n'ai pas les cheveux blonds ce qui est, comme chacun sait, sa marque de fabrique. Blonde, je pourrais l'être si j'y étais autorisée mais honnêtement, chez moi, on se croirait en maternelle. Mon père a la psychologie d'un Teletubby sauf que la sienne est moins développée. L'autre jour, j'ai sorti à ma mère :

– Au fait, j'ai l'intention de me teindre en blonde, tu me conseillerais quoi comme produit, toi ?

Elle a fait celle qui n'avait rien entendu et elle a continué à habiller Libby. Mais papa a piqué une crise d'enfer.

– Tu as quatorze ans, ça ne fait que quatorze ans que tu as ces cheveux-là sur la tête et tu veux déjà en changer ! Qu'est-ce que ce sera quand tu en auras trente ? Tu en seras à quelle couleur à cette époque-là ?

Honnêtement, il n'est pas très brillant ces temps-ci. J'ai dit à maman :

– Il me semble avoir entendu une voix de crécelle émettre de drôles de sons dans le coin mais j'ai pu me tromper.

Je me suis dépêchée de fuir vers la porte d'entrée. Je l'ai quand même entendu hurler :

– Tu te crois drôle sans doute et tu penses que c'est en te faisant un trait d'eye-liner bien droit que tu auras ton bachot !

Ton bachot ! Je vous demande un peu. Un survivant de l'âge de pierre, voilà ce qu'il est.

midi *Le Promenade Mystérieux*. On s'est fait High Street dans les deux sens rien qu'en parlant français. Je faisais celle qui demandait son chemin :

– *Où la gare, s'il te plaît ? Au secours, j'oublie tête, aidez-moi.*

A un moment, on a croisé un type super mignon. Jools et Ellen n'ont pas osé l'aborder mais moi oui. Je ne peux pas vous dire pourquoi mais, en même temps que je devenais française, je me suis mise à développer une claudication. Le garçon avait des yeux ultra beaux et il devait avoir dix-neuf ans. Bref, je suis allée vers lui clopin-clopant et je lui ai fait :

– *Excuse-moi. Je suis française. Je ne parle l'anglaise. Parles-tu la française ?*

Fort heureusement, il ne comprenait rien. C'était dément. Je lui ai fait ma bouche super pulpeuse à la Cindy Crawford. Elle prétend que si on se met la langue entre les incisives et la lèvre du haut quand on sourit, ça fait un sourire super sexy. Impossible de parler bien sûr sauf si on a envie de passer pour une demeurée.

Bref, beauté divine me dit :

– Est-ce que vous êtes perdue ? Je ne parle pas français.

J'ai pris un air inquiet (et lippu) et j'ai laissé échapper dans un souffle :

– *Au secours, monsieur !*

Il m'a pris le bras.

– N'ayez pas peur et venez avec moi.

Ellen et Jools n'en revenaient pas : un mec atrocement mignon était en train de m'emmener quelque part. Et me voilà qui boitille à ses côtés de façon assez avantageuse. Pas pour très longtemps, je vous rassure, car bientôt il me faisait entrer dans une pâtisserie française tenue par une Française.

20 h 00 Suis au lit. La dame française m'a parlé français environ quarante ans. J'ai hoché la tête aussi longtemps qu'il était humainement possible de tenir, puis j'ai tout bonnement giclé hors de la boutique. Beauté divine a eu l'air surpris de voir ma patte folle se rétablir aussi vite.

Maintenant, il faut absolument que je change de couleur de cheveux si je veux à nouveau pouvoir faire les boutiques en ville.

Mercredi 26 août

11 h 30 Je n'ai pas d'amies. Pas la moindre. Personne ne m'a appelée, personne n'est passé. Papa et maman sont partis travailler. Libby est au jardin d'enfants. Je pourrais aussi bien être morte.

Si ça se trouve, je suis morte. Je me demande comment on le sait d'ailleurs. Admettons que tu meures pendant ton sommeil et que tu sois morte au réveil, qui va te le dire, hein ?

Peut-être que ça se passe comme dans le film où toi, tu vois les autres mais où les autres ne te voient pas parce que tu es morte. Voilà, maintenant je me suis vraiment filé les jetons... Je vais mettre un disque à fond la caisse et je vais danser.

midi Non seulement je suis toujours flippée mais en plus je suis totale vannée. Si j'étais vraiment morte, je me demande s'il y a quelqu'un à qui ça ferait de la peine. Qui viendrait à mon enterrement, par exemple ? Papa et maman, sans doute... ils seraient bien obligés. Après tout, c'est en grande partie de leur faute si j'ai été assez déprimée pour me suicider.

Pourquoi est-ce que je ne peux pas avoir une famille normale comme Jools ou Ellen ? Elles, elles ont des sœurs normales, des frères normaux. Leurs pères portent la barbe et ils ont une cabane de jardin.

Maman refuse que papa ait une cabane de jardin depuis qu'il a transformé la sienne en QG pour mouches bleues en oubliant ses asticots pour la pêche dedans.

L'autre jour quand l'électricien est venu réparer le frigo qui avait explosé, il a demandé à maman :

– Vous pouvez me dire quel est le dingue qui a branché ce frigo ? Y a quelqu'un qui vous en veut dans votre entourage ?

Et bien sûr, celui qui avait fait le branchement, c'était papa. Au lieu de bricoler comme tous les autres pères, le mien préfère parler sentiments ou machins comme ça. Pourquoi ne peut-il être un vrai père ? C'est lamentable pour un adulte.

Je ne dis pas non plus que j'ai envie de devenir une femme comme dans le temps. Elle tout en dentelle et lui, la bouche super pincée et qui ne l'ouvre jamais même s'il a une méga tumeur au cerveau. Moi, j'aimerais bien que mon copain (à condition que Dieu m'épargne d'être lesbienne) soit le style sensible… mais seulement avec moi bien sûr. J'aimerais qu'il ressemble à Darcy dans *Orgueil et Préjugés* (quoique, maintenant que j'ai dit ça, je me souviens que je l'ai vu au cinéma dans *Carton jaune* et finalement, sans ses chemises à fanfreluches et ses collants, il n'est plus aussi sexy). De toute façon, je n'aurai jamais de copain parce que je suis trop laide.

14 h 00 En regardant des vieux albums photo… je comprends mieux pourquoi je suis si laide. Les photos de papa quand il était tout petit sont terrifiantes. Il a un nez gigantesque qui lui mange la moitié de la figure. En réalité, c'est juste un nez avec deux jambes et deux bras.

22 h 00 Libby s'est réveillée. Elle veut absolument dormir dans mon lit. Je n'aurais rien contre si elle ne sentait pas si fort le hamster.

minuit Le rêve somptueux dans lequel un mec sublime me portait dans ses bras pour me plonger dans les eaux chaudes de la mer des Caraïbes ne se révèle être que le pyjama trempé de Libby contre ma jambe.

Obligée de refaire le lit. Ça ne trouble pas Libby qui trouve même le moyen de me taper dans la main en me traitant de « vilain garçon » pendant que je la change.

Jeudi 27 août

11 h 00 Je suis en train de réfléchir à ce que je pourrais bien me mettre le jour de la rentrée. Il ne reste plus que onze jours. Je me demande jusqu'où je peux aller en matière de maquillage « naturel » ? De l'anti-cernes, ça c'est sûr. Pour le mascara, j'hésite. Et si je me teignais les cils ? Je déteste mes sourcils. Je me demande d'ailleurs pourquoi j'en parle au pluriel car en fait, je n'en ai qu'un qui me traverse le front de part en part. Si jamais je trouve la pince de maman, il n'est pas impossible que je procède à une épilation radicale. Elle s'est mise à cacher ses affaires sous prétexte que je ne les remets jamais à leur place. Résultat, je vais être obligée de fouiller sa chambre.

13 h 00 Me suis préparé un repas léger avec de la pâte à tartiner et du lait au café. Il n'y a jamais rien à manger dans cette baraque. Pas étonnant que j'aie les coudes si pointus.

14 h 00 J'ai la pince. Je ne m'explique pas comment maman est allée s'imaginer que je ne la trouverais pas dans le tiroir à cravates de papa. En plus de la pince, je suis tombée sur un truc super bizarre. Un genre de tablier plié dans une boîte. J'espère contre toute attente que mon père n'est pas un travesti. Devoir « comprendre » sa féminité serait plus que je ne pourrais en supporter. J'imagine Libby, maman et moi obligées de le regarder se dandiner en chemise de nuit et mules d'intérieur garnies de plumes de cygne. Si ça se trouve, faudra même qu'on l'appelle Daphné.

Bon Dieu, que ça fait mal de s'épiler ! Il faut que je m'allonge. La douleur est atroce. J'ai les yeux qui pleurent comme des fontaines.

14 h 30 C'est au-dessus de mes forces. Je n'ai enlevé que cinq malheureux poils et mes yeux ont déjà doublé de volume.

16 h 00 J'abandonne. J'essaie le rasoir de papa.

16 h 05 Plus coupant que je ne pensais. Il y a plein de poils qui sont partis d'un seul coup. Maintenant, faut que je fasse l'autre œil pareil.

16 h 16 Merde de merde ! Je trouve ça pas mal mais ça me fait un œil tout étonné. Il faut que j'égalise l'autre à nouveau.

18 h 00 En me voyant, maman a failli lâcher Libby. Je vous retranscris exactement ce qu'elle m'a sorti :

– Mon Dieu ! Mais qu'est-ce que tu t'es fait, espèce d'idiote ?

Ce que je peux haïr les parents. Parce que c'est moi l'idiote, c'est ça ? ? ? Ils sont trop nuls. Ce qu'elle voudrait sans doute, c'est que j'aie encore l'âge de Libby pour pouvoir me mettre des bonnets ridicules à oreillettes avec des canards dessus. Elle est trop ! Trop ! Trop ! Trop !

19 h 00 Quand papa est rentré, je les ai entendus qui parlaient de moi.

– Grommelle grommelle... Elle ressemble à... grommelle grommelle.

Ça, c'était maman. Puis papa :

– Elle a QUOI ? ? ? Bon... grommelle... grommelle... grogne... grogne.

Tap tap tap dans l'escalier, bang, bang, bang sur ma porte.

– Georgia, qu'est-ce que tu as encore fait ?

Il ne risquait pas d'entrer, j'avais poussé ma commode contre la porte. Planquée sous les couvertures, j'ai hurlé :

– Au moins, je suis une vraie femme maintenant ! ! !

– Et ça veut dire quoi ça, bordel de merde ?

Honnêtement, il y a des moments où il est vraiment vulgaire.

22 h 30 Peut-être qu'ils repousseront cette nuit. En combien de temps ça repousse des sourcils ?

Vendredi 28 août

11 h 00 Ils n'ont pas repoussé.

11 h 15 Jas m'a appelée, elle voulait faire les boutiques. Il paraît qu'ils ont sorti une nouvelle ligne de maquillage tellement naturel qu'on ne dirait jamais que tu t'es maquillée.

– Ils font les sourcils ?

– Pourquoi ? Je comprends pas de quoi tu parles. Tu veux dire les faux cils, non ?

– Non. Je te parle de sourcils. Tu sais les gros paquets de poils scotchés au-dessus des yeux ?

Honnêtement, il y a des moments où les copines ne sont pas rapides, rapides.

– Évidemment que non, ils font pas les sourcils. Tout le monde a des sourcils, pourquoi est-ce qu'il te faudrait une paire de rechange à toi ?

– Parce que j'ai plus de sourcils. Je me suis gourée, je les ai rasés.

– J'arrive. Touche à rien.

midi Quand j'ai ouvert la porte, Jas m'a regardée comme si j'étais une Klingon. Elle m'a fait :

– T'as l'air d'une Klingon.

Elle est vraiment bouchée comme fille. Avec elle, j'ai plus l'impression d'avoir un chien qu'une copine.

midi Jas est partie. Sa solution, c'était que je me fasse des sourcils au crayon.

Faut voir les choses en face, je suis coincée dans cette baraque à vie.

19 h 00 Papa me tape sur les nerfs grave. Ça fait des heures qu'il fait le même manège. Il se pointe à ma porte, il me regarde, il se marre comme un fou et il disparaît… pas pour longtemps. Il a même fait monter oncle Eddie. Non mais, je suis quoi au juste ? Sa fille ou une attraction foraine ? Oncle Eddie m'a fait :

– Te bile pas, si jamais ils ne repoussent pas, on monte un numéro de boules de billard tous les deux et on fait fortune dans le show-biz.

Dieu que j'ai ri ! Je plaisante.

20 h 00 La seule qui soit gentille, c'est Libby. Elle a caressé l'endroit où j'avais mes sourcils autrefois et elle m'a apporté un petit bout de fromage. Génial, me voilà rate.

Je me demande qui on va avoir comme prof principal.

Pourvu que ce ne soit pas Œil-de-Lynx. Je n'ai pas envie qu'elle me rappelle à tout bout de champ l'épisode des sauterelles. Qui aurait pu penser que trois malheureuses sauterelles boulotteraient autant en si peu de temps ? Je ne pouvais pas imaginer en leur faisant prendre l'air dans le labo de sciences nat qu'elles se taperaient les rideaux.

Si vous voulez mon avis, Œil-de-Lynx n'a pas beaucoup d'humour. En plus, elle a cent ans et elle est toujours demoiselle. D'après moi, ça en dit long. N'empêche, en tant que rate, je finirai probablement comme prof de sciences nat dans un lycée de filles merdique. Comme elle. J'aurai des chats et je boirai du lait chaud. Je porterai des culottes surdimensionnées. J'écouterai la radio. Je m'intéresserai à plein de trucs.

Je ferais aussi bien de me tuer. Je pourrais si j'en avais le courage, mais je suis trop déprimée.

10 h 00 M et P sont sortis faire des courses. Maman m'a demandé si je voulais qu'elle m'achète des chaussures pour la rentrée. Je me suis contentée de jeter un regard éloquent aux siennes. C'est consternant de voir quelqu'un de son âge essayer de rester jeune à tout prix. Et vous croyez qu'elle aurait honte de s'habiller comme sa fille ? Eh bien, non. L'autre jour quand elle s'est assise j'ai vu sa culotte (et je n'étais pas la seule).

11 h 00 Coup de fil des copines. Ellen, Jools et Jas vont passer me voir après leur tour en ville. Il semblerait que Jas ait repéré un type dans un magasin. Si ça se trouve, ma vie va ressembler à ça. Je n'aurai jamais de copain perso, je me contenterai des histoires des autres.

midi J'étais en train de parcourir le dernier numéro de *Jeune et Jolie* quand je suis tombée sur un article qui parlait du baiser. Question baiser, il y a plusieurs choses qui m'échappent. Premièrement, comment est-ce qu'on sait que c'est le moment de s'embrasser et deuxièmement comment est-ce qu'on sait de quel côté il faut se pencher ? Ça c'est sûr, personne n'a envie de passer des heures à dodeliner de la tête de droite et de gauche comme un pigeon. J'ai bien regardé les photos, mais je n'ai pas trouvé la réponse. Si seulement je n'avais pas lu cet article ! Je suis encore plus énervée et plus embrouillée qu'avant. De toute façon, je ne vois pas pourquoi je m'en ferais. A moins qu'un garçon sublime se perde dans ma rue et trouve le chemin de ma chambre avec un bandeau sur les yeux, je suis coincée entre ces quatre murs jusqu'à la fin de mes jours.

12 h 15 Maintenant que je suis vissée ici, je ferais aussi bien d'occuper mon temps intelligemment. Je pourrais nettoyer ma chambre ou ranger mes affaires dans l'armoire, genre quoi.

12 h 17 Je hais le ménage.

12 h 18 Si jamais je me marie ou, plus vraisemblablement, si je tourne lesbienne super battante, je ne ferai jamais le ménage. J'aurai quelqu'un pour faire ça. Je n'ai pas de don pour ce genre de choses. Maman pense que je le fais exprès mais je vous jure que je suis incapable de faire la différence entre propre et sale. Quand maman me dit « Ça t'ennuierait de nettoyer cette cuisine ? », je regarde autour de moi et je vois bien quelques casseroles qui traînent de-ci de-là mais le problème, c'est que moi, ça ne me dérange pas du tout. En général, c'est là que je commence à me faire engueuler.

14 h 00 J'ai préparé le café pour les filles. C'est du soluble mais si on le touille des heures avec le sucre, on obtient une sorte de pâte qui, une fois mélangée à l'eau, fait comme un espresso. Ça fait atrocement mal au bras.

19 h 00 Après-midi génial ! On a essayé plein de maquillage. J'ai mis du Scotch sur ma frange pour qu'elle soit plus longue et qu'elle couvre l'endroit où j'avais mes sourcils avant. Jas m'a fait :

– Tu es bonne pour l'asile de dingues coiffée comme ça.

Quant à Ellen, elle m'a dit que j'avais qu'à me maquiller à mort la bouche et les yeux pour qu'on fasse moins attention à mon nez. Sachez dorénavant que vous aurez affaire à grosse lippue.

On était allongées sur mon lit à écouter les hits à la radio quand Jas nous a parlé du type super mignon qui travaille dans un magasin. Elle sait qu'il s'appelle Tom parce que quelqu'un l'a appelé comme ça devant elle. Bravo Columbo ! Tout le monde s'est engagé à attendre que je sois à nouveau sortable pour aller voir à quoi il ressemblait.

Après quoi la conversation a dévié sur le baiser. Ellen :

– L'an dernier, j'ai passé le réveillon de Noël chez mon cousin et il y avait un garçon de Liverpool. Je crois qu'il était marin. Bref, il devait avoir dix-neuf ans et il avait apporté du gui, et il m'a embrassée.

Pleins feux sur Ellen. Moi :

– C'était comment ?

Ellen :

– Plutôt mouillé, style gélatine chaude.

Jas :

– Il avait les lèvres ouvertes ou fermées ?

Ellen :

– Un peu ouvertes.

Moi :

– Il a sorti la langue ?

Ellen :

– Non, il a juste avancé les lèvres.

Je lui ai demandé ce qu'elle avait fait de sa langue.

– Ben, je l'ai laissée là où elle est d'habitude.

– Et les dents, qu'est-ce que tu as fait avec les dents ?

Ellen, un peu excédée :

– Ben voyons, je les ai enlevées.

Pas sympa. Ben quoi, je faisais que demander...

Ellen :

– Je me rappelle moyen en fait. Ça chatouillait un peu et ça n'a pas duré très longtemps. Je crois que j'ai bien aimé. Il était plutôt sympa mais il avait une copine. Il a dû se dire que j'étais une gamine qui savait pas grand-chose.

Moi :

– Il avait pas tort.

22 h 00 Ma sœur Libby m'embrasse beaucoup sur la bouche mais je ne pense pas qu'entre sœurs ça compte. A moins que je sois lesbienne, auquel cas c'est probablement un excellent entraînement.

23 h 00 A travers mes rideaux, je vois une énorme lune jaune. Je pense à tous les gens dans le monde qui la voient en même temps que moi.

Je me demande combien n'ont pas de sourcils.

Dimanche 30 août

11 h 00 Merci mon Dieu, ils sont sortis. Enfin ! C'est quoi toutes ces foutaises de famille heureuse ? Tous ces « On devrait faire des choses ensemble » ?

Comme je l'ai fait remarquer à papa :

– On a déjà pas de bol de se retrouver coincés tous les quatre dans la même baraque, alors pourquoi faudrait-il se pourrir la vie encore plus en allant traîner tous ensemble dans une jardinerie ?

Bref, la rate ne sortira pas. Elle va rester dans sa chambre les quarante prochaines années pour éviter que des étrangers se moquent d'elle.

Je n'aurai jamais de copain. Ce n'est vraiment pas juste, il y a des filles totalement nulles qui en ont, elles. Zoe Ball a des copains très mignons et je vous ferai remarquer qu'elle a les oreilles décollées.

13 h 00 Je n'ai toujours pas parlé à papa de son tablier.

13 h 15 Qu'est-ce que je m'ennuie ! M. et Mme Porte-à-Côté sont dans leur serre. Non mais on peut me dire ce que les gens font dans ces machins-là ? Si je finis un jour avec un type comme M. Porte-à-Côté, c'est clair je me tue. Il a le plus gros derrière que j'aie jamais vu. Je suis sidérée qu'il puisse entrer dans sa serre. Un jour, son derrière sera tellement énorme qu'il ne pourra plus en sortir et la Mère Porte-à-Côté sera obligée de lui donner la becquée. *Oh quelque dommage ! Sacré bleu ! Le grosse monsieur dans le maison de vert !!!*

13 h 20 Pas impossible que je lance un journal de quartier.

13 h 22 Mon Dieu, je viens de voir Angus tapi dans l'herbe. Il doit être en train de pister le caniche. Faut que j'intervienne pour éviter le massacre.

Tout va bien. Mme Porte-à-Côté vient de balancer une brique sur la tête du chat.

23 h 00 Quelle journée interminablement ennuyeuse ! Je déteste les dimanches, je suis sûre qu'ils ont été inventés exprès par des gens qui n'ont pas de vie et pas d'amis. Côté bonne nouvelle, sur le plan sourcil, ça repousse façon barbe naissante.

SEPTEMBRE

OPÉRATION SAUCISSE

Mardi 1er septembre

10 h 00 Plus que six jours avant la rentrée. Si seulement ma mère pouvait être à la fois libérée, féministe, mère de famille, travailler… et faire également mon repassage.

Je crois que pour la rentrée je vais mettre ma jupe droite, mes bas qui tiennent tout seuls et mes boots. Côté maquillage, je ne suis toujours pas décidée. Si la Mère Œil-de-Lynx s'aperçoit que je suis maquillée, elle fera ni une ni deux et elle m'enverra me laver la figure. Après ça, j'aurai ce ravissant look cramoisi et luisant dont les profs de gym raffolent. D'un autre côté, je ne peux pas prendre le risque d'aller au lycée sans être maquillée. J'aurai beau prendre les petites rues, il arrivera forcément un moment où je finirai par tomber sur les garçons de Foxwood. Le souci majeur reste tout de même ce putain de béret. Il faut que je consulte la bande pour savoir ce qu'on décide à ce sujet.

17 h 00 Demain réunion d'urgence chez moi sur le thème du « Béret et Autres Formes de Tortures ». Mes sourcils ont repoussé mais toujours version perce-oreille effarouché.

19 h 00 Après dîner, quand papa faisait la vaisselle, je lui ai fait l'air de rien :

– Dis, papa, pourquoi tu mets pas ton joli petit tablier ?

J'ai cru qu'il allait péter un câble.

– Je te prierais de ne pas fourrer ton nez dans mes tiroirs !

Et là, je lui ai sorti :

– Je pense avoir le droit de savoir si mon père est un travesti ou non.

Maman a éclaté de rire. Papa est devenu encore plus dingue.

– Ne l'encourage pas, Connie. Si tu ne me respectes pas, comment veux-tu qu'elle le fasse ?

– Ne t'énerve pas, Bob. Tu sais très bien que je te respecte. C'est juste de t'imaginer en travesti que je trouve irrésistible.

Et la voilà repartie de plus belle. Papa est parti au pub, Dieu merci.

Maman m'a expliqué le fin mot de l'histoire un peu plus tard.

– C'est son tablier de franc-maçon. Il le met pour ses petites réunions secrètes entre copains. Style, je te gratte le dos si tu me grattes le mien, tu vois le genre ?

J'ai hoché la tête en souriant mais je ne voyais pas du tout.

23 h 30 Si seulement je pouvais être adoptée. Il n'est peut-être pas trop tard après tout. Je peux peut-être encore appeler le numéro vert de l'enfance maltraitée.

A cinq jours du purgatoire

10 h 00 Oh, non, ne me dites pas que c'est déjà aujourd'hui. Pour me faire super « plaisir », les parents ont invité mon cousin James à passer la nuit chez nous.

En fait, on s'entendait bien tous les deux quand on était petits, mais il est devenu tellement niais. Il parle d'une drôle de voix et il sent très bizarre. Pas le hamster comme Libby, lui, ce serait plutôt un mélange chien/fromage. Je ne pense pas que tous les garçons sentent pareil. Ça s'explique peut-être parce qu'il est mon cousin.

14 h 00 Finalement, je me marre plutôt bien avec lui. Il fait beaucoup plus jeune que moi et il aime toujours danser comme un fou sur des vieux tubes. On s'est fait quelques classiques danses sur les disques de soul de maman. On a atteint des sommets avec *Reach Out I'll Be There* des Four Tops. J'explique. Pour celle-là, il faut mettre une main sur le cœur, l'autre sur ta tête, pointer un pied puis l'autre, faire un *shimmy* et finir avec un tour complet sur soi-même. Dommage qu'il y ait si peu de place dans ma chambre. James a marché sur Angus et, comme de juste, il a pété les plombs grave.

En fait, ce qui sortirait vraiment de l'ordinaire, ce serait de pouvoir dire : « Angus est devenu zen. » Bref, il a commencé par grimper aux rideaux. Ensuite, il a sauté sur le haut de la porte et il est resté perché là-haut à cracher violemment (Angus bien sûr, pas James). On a essayé de le faire descendre, on a même tenté une percée vers les toilettes mais, chaque fois, le monstre faisait jaillir une de ses énormes pattes. Je suis persuadée que cet animal est un hybride de chat et de cobra. Maman a finalement réussi à le faire descendre à l'aide de quelques sardines.

19 h 00 Après dîner, on a écouté des disques avec James en discutant de ce qu'on ferait plus tard quand on aurait laissé tomber « nos vieux ». Moi, je pense que je serai actrice comique ou bien VIP, style qui fait rien dans la vie, à part la une des journaux. Le genre poursuivi en permanence par les journalistes. Quand on est VIP, on a sa photo dans le journal avec des légendes style : « Tara Pompeï Super-Nase sort de chez elle pour acheter des biscuits ! » ou bien « Tamsin Chicots & Polypes fait du ski en bikini de fourrure. » Et c'est comme ça qu'on gagne sa vie ! C'est pile poil pour moi, ce truc-là.

James veut travailler dans l'électronique (je ne sais pas au juste ce que ça veut dire, mais je ne l'ai pas encouragé à poursuivre sur le sujet car je sentais le coma venir). Avant ça, il a prévu de voyager. Moi :

– Ah, oui, vraiment, où ça ?

En pensant dans mon for intérieur : Himalaya, beurre de yak et fumeries d'opium.

Et lui qu'est-ce qu'il répond ?

– J'adorerais aller aux îles Sorlingues en Cornouailles.

23 h 00 Il s'est passé un truc super étrange. On était couchés, James dans un sac de couchage sur des coussins au pied de mon lit, et on discutait people et autres bêtises du même ordre quand j'ai senti une pression sur ma jambe. Il avait sorti son bras du sac et il m'agrippait le mollet. Ne sachant pas quoi faire, j'ai fait la statue, histoire de lui faire croire que ce qu'il tenait si bien, c'était le montant du lit. Ça a duré des siècles. Note qu'il n'est pas impossible que je me sois endormie à un moment donné.

Jeudi 3 septembre

9 h 00 Mes sourcils ont enfin repris figure humaine.

14 h 00 James est rentré chez lui. L'incident « jambe » n'a pas été évoqué. Les garçons sont vraiment bizarres.

17 h 00 Libby a la grippe. Elle était toute pâlotte avec une mine de papier mâché. Je l'ai laissée dormir dans mon lit. Elle avait le nez pris, pauvre petite poulette. Pauvre, pauvre petite poulette. Je l'aime tellement ma petite sœur.

20 h 30 J'ai apporté un lait chaud à Libby et je lui ai proposé de lui lire l'histoire de *L'Arbre magique*. L'idée lui a plu et elle s'est assise dans le lit. Mais au moment où j'ouvrais le livre, elle a attrapé ma couette et elle s'est mouchée dedans. Il y en avait partout. Qui aurait pu penser qu'une si petite fille puisse produire un tel volume de morve verte ?

22 h 00 J'ai dormi dans le sac de couchage.
Tu parles d'une vie !

Vendredi 4 septembre

11 h 00 La réunion d'urgence sur le thème du « Béret et Autres Formes de Tortures » aura lieu cet après-midi. J'ai décidé que mes sourcils avaient suffisamment repoussé pour avoir le droit de sortir (pas tout seuls évidemment). Je me sens un peu comme un prisonnier qui est resté très longtemps au secret et qui, le jour de sa libération, sort en titubant, ébloui par la lumière.

On est allées au Costa Ricos prendre un cappuccino. Je déteste le cappuccino mais tout le monde en boit, total, c'est super dur de prendre autre chose. Ça fait des semaines que je ne suis pas sortie. Bon d'accord, ça fait cinq jours. La ville est magnifique, on dirait New York… mais sans les gratte-ciel et sans les Américains. On a décidé qu'on commencerait d'abord par la réunion et qu'ensuite on irait voir à quoi ressemble le garçon qui a tapé dans l'œil de Jas, Tom. Quand j'ai entendu qu'il travaillait chez Jennings, j'ai hurlé :

– Quoi, l'épicerie ?

Jas :

– C'est pas une épicerie, c'est une épicerie fine.

– Ah oui, je vois le genre. Ils vendent du hoummos, c'est ça ?

– Et des yoghourts aussi.

– *Quelque dommage*, j'avais oublié les yoghourts. J'ai pigé, quand tu entres dans cette boutique, c'est un peu comme si tu allais à Paris, les navets en plus.

Jas est devenue tellement rouge que je l'ai fermée vite fait. Elle ne se met pas souvent en colère mais elle a un très bon coup de latte.

Jools a fait diversion :

– Et si on parlait de notre plan antibéret ?

Dans ce collège de nases, le béret fait partie de l'uniforme qu'on est obligées de porter dès qu'on sort de la boîte. C'est vraiment une plaie. Tout le monde sait (et surtout les Français qui l'ont inventé) qu'on a l'air totalement nul avec un béret sur la tête. En plus ça aplatit les cheveux. Au dernier trimestre, on avait mis au point une technique pour le porter façon crêpe. Une fois qu'il était bien aplati, on le faisait tenir derrière la tête avec des pinces à cheveux. C'était toujours à pleurer mais au moins il ne se voyait pas quand on était de face. Ellen a annoncé sa nouvelle méthode, dite « de la saucisse ». Elle consiste à rouler le béret très serré jusqu'à ce qu'il ressemble effectivement à une chipolata. Ensuite, il ne reste plus qu'à le fixer derrière la tête pile au milieu du crâne. Présence quasi indétectable. Génial ! Nous avons pris la décision de lancer l'opération Saucisse dès le début du trimestre.

Ces bérets font depuis toujours l'objet de luttes sans merci. Les adultes, ou soi-disant tels, ont refusé de négocier. Nous avions envoyé une délégation chez la directrice, Mme Fil-de-Fer (qui doit son surnom à ses cent cinquante kilos... au moins. Ses pieds dégoulinent gravement par-dessus ses chaussures). A la question : « Pourquoi devons-nous porter ces bérets ? », elle nous avait répondu :

– Ils contribuent au standing du lycée et rehaussent l'image de l'établissement dans toute la ville.

Moi :

– Mais les garçons de Foxwood font rien que nous demander si on a les oignons qui vont avec. Si vous voulez mon avis, c'est pas par respect pour nous. Ils veulent juste nous humilier.

La Mère Fil-de-Fer s'était ébrouée. Elle fait toujours ça quand on l'énerve (c'est-à-dire tout le temps). Ça la fait ressembler à un gros tas de gelée avec des chaussures dans le bas.

– Georgia, j'ai dit ce que j'avais à dire sur le sujet. Vous êtes tenues de porter votre béret sur le chemin du collège, à l'aller comme au retour. Pourquoi ne vous intéressez-vous donc pas à quelque chose de plus important, comme de récolter moins de vingt et un mauvais points pour mauvaise conduite le trimestre prochain ?

C'est ça, vas-y, rejoue-moi ta chanson. Tout ça parce que je suis une fille pleine de vitalité.

L'an dernier, on avait lancé une autre campagne intitulée « Si vous voulez vraiment qu'on porte nos bérets, on va les porter. »

Toutes les quatrièmes avaient porté leur béret enfoncé sur la tête avec que les oreilles qui dépassaient. Ça valait le jus comme spectacle, cent filles à l'arrêt du bus avec leurs oreilles dehors. On avait fini par abandonner (et pourtant on avait réussi à drôlement énerver la Mère Fil-de-Fer et Œil-de-Lynx). Primo, ça tenait horriblement chaud, secundo, on ne voyait pas où on mettait les pieds et tertio, c'était désastreux pour les cheveux.

La réunion terminée, la chasse au garçon a été ouverte. Jas n'est pas très chaude pour qu'on rentre toutes dans la boutique avec elle. En fait, elle n'a encore jamais rien dit à Tom, à part : « Deux livres de blettes, s'il vous plaît. »

Il a été convenu qu'on guetterait à l'extérieur de la boutique et qu'au moment où elle entrerait pour faire ses courses, on ferait comme si on venait juste de l'apercevoir et là, on entrerait pour lui dire bonjour. Ça paraîtrait très naturel et, en plus, ça nous permettrait de nous faire une idée sur le garçon et de donner l'illusion (fausse) que Jas avait des tas de copines.

Jas est descendue aux cabinets parfaire son look très naturel avec force fond de teint en stick, etc. Après quoi, elle a fait son entrée chez Jennings. J'ai attendu cinq bonnes minutes avant de passer devant la porte. Jas était en pleine conversation avec un grand garçon brun en jean noir. Il lui souriait en lui tendant un sachet d'oignons. Jas avait les joues un peu rouges et elle tripotait sa frange. Une habitude détestable. Bref, je me suis arrêtée net et j'ai lancé sur un ton à la fois enjoué et surpris (qui m'a convaincue moi-même) : « Salut, Jas ! Qu'est-ce que tu fais là ? » , tout en la serrant chaleureusement dans mes bras (et en me débrouillant pour lui glisser à l'oreille : « Laisse ta putain de frange tranquille ! »).

Quand j'ai relâché mon étreinte, elle m'a fait :

– Salut, Georgia, j'achetais juste quelques oignons.

J'ai ri et j'ai ajouté :

– C'est vrai que tu t'y connais.

Puis Ellen et Jools sont arrivées les bras grands ouverts en hurlant comme des folles : « Jas ! Jas ! Ça alors ! Ça fait des siècles qu'on t'a pas vue. Comment va ? »

Pendant cet échange, le Tom en question est resté planté là. Jas :

– Excuse-moi de te faire attendre.

Lui :

– Pas de problèmes.

Puis elle lui a demandé combien elle lui devait et ensuite, elle lui a fait :

– Au revoir et merci.

Et lui, il a fait :

– A plus.

Et voilà, on était déjà dehors. On n'avait pas fait dix mètres que, sans même se consulter, on courait comme des dératées en hurlant de rire.

19 h 00 Je viens juste de raccrocher avec Jas. Elle trouve Tom encore plus canon que la première fois mais elle n'arrive pas à savoir si elle lui plaît ou non. Donc, analyse de la rencontre point par point.

J'entendais le père de Jas dans le fond qui disait :

– Si vous devez vous voir demain, vous ne pourriez pas attendre jusque-là ? Ça m'éviterait de payer des notes de téléphone astronomiques.

Les parents sont tous pareils : radins. Revenons à nos moutons. Jas me disait donc :

– Il m'a fait : « A plus. »

Pas faux bien sûr mais j'ai ajouté judicieusement :

– Ça, il peut le dire à n'importe qui. « A plus », ça peut juste vouloir dire « à plus » et rien d'autre.

Elle a été toute chamboulée.

– Tu crois que je ne lui plais pas, alors ?

Moi :

– J'ai pas dit ça. Il aurait pu ne jamais dire « à plus », sauf bien sûr s'il voulait dire « à plus ».

Ça l'a ragaillardie.

– Alors tu penses que peut-être il a voulu dire « à plus » ?

– Oui.

Elle est restée silencieuse quelques secondes. Je l'entendais mâcher son chewing-gum. Puis elle a remis ça :

– A ton avis, « à plus » c'est dans combien de temps ?

Honnêtement, ça aurait pu durer toute la nuit.

– Jas, J'EN SAIS RIEN ! T'as qu'à décider toi-même quand c'est.

Elle a cessé de mâcher.

– Tu veux dire que c'est à moi de le brancher ?

Mon bouquin m'envoyait des signaux : « Viens me lire, viens me lire, je sais que tu le veux. » Du coup, j'ai été sévère mais juste.

– C'est à toi de voir, Jas, mais je sais ce que Sharon Stone ferait en pareille situation. Bonne nuit !

10 h 00 Même lieu. Même punition.

10 h 15 Jas m'a appelée. Elle veut lancer l'opération « Sus à Tom ». On a rendez-vous au Costa pour peaufiner le projet.

10 h 30 Lalalalala. La vie est merveilleuse. Lalala. J'ai même réussi à me mettre du mascara sans m'enfoncer la brosse dans l'œil. J'ai aussi essayé mon nouveau crayon à lèvres et indéniablement, ça fait paraître mon nez plus petit. Je ne sais pas ce qui m'a pris mais j'ai décidé de partager avec maman mes inquiétudes à propos de mon nez. Tout ce qu'elle a trouvé à me dire c'est :

– Moi, à mon époque, on jouait beaucoup sur les ombres. On éclaircissait certaines parties du visage et on en fonçait d'autres. Par exemple, tu pourrais te mettre du fond de teint clair sur l'arête du nez et du plus foncé sur les côtés pour le faire paraître plus fin.

Mauvaise réponse, maman. La bonne réponse, la voici : « Tu es magnifique, ma Georgia, et ton nez est parfait. »

Je ne lui ai pas dit, elle aurait été bien trop contente. A la place, j'ai grommelé derrière mon toast de façon à pouvoir nier en cas de besoin :

– Maman, j'ai pas la moindre envie de te ressembler, ni à toi ni à tes copines de l'époque. J'ai vu les photos, merci, et je te signale que de nos jours, plus personne ne se fait le look Abba.

11 h 30 Re-jérémiade de la Mère Porte-à-Côté à propos du chat. Il aurait soi-disant fait peur à son caniche. A l'écouter, Angus passe son temps à le courser. Je me suis fendue d'une explication.

– Voilà, Angus est un chat sauvage écossais et, comme tout chat sauvage, il traque sa proie.

– Dans ce cas, je ne vois pas ce qu'il fait dans une maison comme animal de compagnie.

– Angus n'est pas un animal de compagnie, croyez-moi. J'ai bien essayé de l'apprivoiser mais il a mangé sa laisse. Ce qu'on peut obtenir de ce chat est assez limité.

Honnêtement, est-ce vraiment à moi de m'occuper de voisines hystériques ? Elle n'a qu'à s'acheter un plus gros chien. Ce bidule imbécile qui jappe à longueur de journée agace Angus.

13 h 00 Je ferais mieux de faire la gentille, sans ça on va encore me taxer « d'adolescente morose » et je vois la suite comme si j'y étais. Toc toc toc à la porte de Georgia et maman : « Dis-moi, ma chérie, il y a quelque chose dont tu voudrais qu'on parle toutes les deux ? »
Il faut toujours que les grandes personnes fourrent leur nez partout.

13 h 30 Quand j'ai frappé chez Mme Culotte-Fantaisie pour lui demander si elle voulait que je lui rapporte quelque chose des courses, elle s'est terrée derrière sa porte. Résultat, ce n'est pas encore ça. Dès que je me mets à être gentille, paf, il y a l'autre Georgia qui prend le dessus. Est-ce que par hasard, en plus d'être lesbienne, je serais schizophrène ?

14 h 00 Coup de fil de Jas. Elle a besoin de mon aide pour la phase deux de son plan « Sus à

Tom ». Plan très subtil comme vous allez le constater. On dirait qu'on passerait devant chez Jennings et que juste devant l'entrée je m'arrêterais pour dire à Jas : « Je viens juste de me rappeler qu'il faut que j'achète des pommes. Attends-moi là cinq minutes. »

Ensuite, j'entrerais pour acheter mes pommes et Jas resterait derrière moi, très naturellement séduisante. Après quoi, je ferais un sourire à Tom quand il me tendrait mes Granny Smith et ensuite – c'est là, le coup de maître (ou plutôt, comme c'est mon idée, le coup de maîtresse) – je dirais : « La rentrée, c'est dans deux jours. Nous, on retourne au Stalag 14. Et toi, c'est quoi ton pénitencier ? »

(En clair, à quel lycée tu vas ? Vous pigez ?) Et donc là, il me le dirait et comme ça, nous, on saurait comment tomber dessus par hasard.

16 h 00 Bon, nous sommes effectivement allées chez Jennings et Tom était là, et Jas était au bord de l'évanouissement. Je dois reconnaître qu'il était très mignon, le cheveu bouclé et les épaules larges. J'ai dit mon : « Attends-moi là cinq minutes, faut que j'achète des pommes », et nous sommes entrées dans le magasin pour qu'elle puisse faire la séduisante derrière moi comme prévu.

En apercevant Jas, Tom a souri. Je lui ai demandé mes pommes et il m'a fait :

– Je t'apporte ça tout de suite. Au fait, tu es contente de retourner au collège ? (Attends une seconde, tu es en train de me faucher mon texte, toi. Encore heureux que j'aie fait quatre ans de théâtre, j'ai pu improviser.)

Et je lui ai sorti du tac au tac :

– Dis donc, est-ce que je te demande si le pape déteste les catholiques, moi ?

Ça l'a fait sourire mais en fait je n'avais pas vraiment l'intention de dire un truc sur le pape, c'était sorti tout seul. Il n'a pas été déstabilisé pour autant :

– Vous allez à quel collège ?

Je m'apprêtais à lui répondre… quand Super-Canon est sorti de l'arrière-boutique.

Je vous jure qu'il est tellement beau qu'on ne peut pas s'empêcher de cligner des yeux et de rester la bouche ouverte comme un poisson hors de l'eau. Il était très grand, avec de longs cheveux noirs, des yeux bleu foncé super intenses et une grande bouche. Et il était tout en noir. (C'est tout ce dont je me souviens, monsieur l'Inspecteur.) Il était venu apporter une tasse de thé à Tom qui lui a dit merci. Puis Super-Canon s'est exprimé :

– Je ne peux quand même pas laisser mon petit frère s'éreinter à servir des pommes à deux jolies filles sans même lui offrir une tasse de thé.

Puis il a FAIT UN CLIN D'ŒIL à Tom et il m'a SOURI avant de s'en retourner d'où il venait.

Je suis restée plantée là, les bras ballants, à contempler l'espace où S-C se trouvait quelques secondes plus tôt. En tripotant sauvagement mes pommes. Tom :

– Ça fera quarante pence. Au fait, tu m'as pas dit dans quel collège vous alliez toutes les deux ?

Je suis sortie de ma transe. J'espère que je ne bavais pas.

– Heu… Je…

Impossible de me souvenir du nom du collège.

Jas m'a regardée comme si j'avais une case en moins. Heureusement qu'elle a assuré.

– Nous y sommes seulement depuis quatre ans. C'est le Latimer et Ridgley. Et toi, tu vas où ?

19 h 00 Je suis toujours en état de choc. Je viens de rencontrer M. Sublime. Et c'est le frère de Tom. Et il est sublime. Il m'a vue la bouche ouverte. Mais heureusement, pas sans sourcils. Oh mon Dieu ! Infirmière, vite, des compresses !

19 h 05 J'ai fait des essais de bouche ouverte devant la glace pour voir à quoi je ressemblais dans le magasin. Ça ne me donne pas l'air très intelligent mais mon nez ne paraît pas plus gros pour autant, ce qui est un plus (si on veut).

1 h 00 Je me demande quel âge il a ? Impératif que je mûrisse rapidement. Je m'y mets dès demain.

Dimanche 6 septembre

8 h 00 Quand je suis entrée dans la cuisine, papa a lâché sa tasse, manifestant de façon désopilante (sans doute) sa surprise de me voir debout si tôt.

– Qu'est-ce qui t'arrive, Georgia, ton lit a pris feu ? Tu as la fièvre ? Qu'est-ce que tu fais debout ?

– Je suis descendue boire une tasse d'eau chaude, si personne n'y voit d'inconvénient.

(Très purifiant pour le métabolisme cette affaire-là. Il faut que j'évite à tout prix l'éruption cutanée.)

Maman :

– Bon, je me sauve. Libby, donne un gros baiser à ta sœur avant qu'on s'en aille.

Et Libby m'a donné un gros baiser sonore que j'ai apprécié à sa juste valeur, sauf que je me serais bien passée du porridge. Restons stoïque. Il le faut.

10 h 00 J'ai fait tout le programme de yoga conseillé par *Cosmo* pour la paix intérieure et la confiance en soi. Je jure de me lever tous les jours une heure plus tôt pour faire les douze postures de « l'adoration au soleil » avant de partir au collège. J'ai une forme d'enfer et, en plus, j'ai l'impression d'avoir grandi d'au moins soixante centimètres. Super-Canon ne pourra pas résister à la Georgia qui vient de naître. Radieuse, sûre d'elle et terriblement femme.

14 h 00 Soins visage faits et bain au lait pris. Impératif que j'enlève les taches sur la serviette de bain, ça sent déjà le lait tourné.

Coup de fil de Jas. Elle voudrait qu'on parte à la chasse au Tom demain après les cours. Tom ? C'est qui ce type pour moi ?

16 h 00 Je viens de m'apercevoir que Libby a utilisé mes dernières serviettes périodiques pour faire des hamacs à ses poupées.

16 h 30 Elle a entièrement vidé mon tube de fond de teint sur son panda qui a la tête très beige à l'heure qu'il est.

17 h 00 Je n'ai plus ni fond de teint ni argent pour en acheter. Je crois que je vais la tuer.

17 h 15 Non. Paix. Om. Paix intérieure.

20 h 00 Aahhhh ! Tôt couchée, tôt levée.

21 h 30 Je me suis réveillée en sursaut. J'ai cru qu'il était l'heure de se lever.

minuit Est-ce que je mets ma jupe droite demain, ou pas ?

Lundi 7 septembre

8 h 30 Me suis rendormie après le réveil. Je me suis drôlement grouillée pour que papa puisse me déposer chez Jas. Pas le temps de faire mon yoga ni de me maquiller. On verra ça demain. Dieu seul sait comment le dalaï-lama s'en sort au quotidien. Il se lève sans doute à l'aube. En fait, j'ai lu quelque part que c'était le cas.

8 h 45 Jas et moi en train de courir comme des dingues pour remonter la pente qui va jusqu'au collège. J'ai cru que ma tête allait imploser. Cramoisie, j'étais. Et brusquement, je me suis rappelé que je n'avais pas mon béret sur la tête. Œil-de-Lynx étant déjà dans ma ligne de mire, pas le temps d'appliquer la méthode saucisse. Tant pis, je me l'enfonce sur le crâne. Merde ! Merde ! Hors d'haleine ! Hors d'haleine ! Juste au moment où j'allais franchir la grille, je m'emplafonne dans… Super-Canon. A hurler de beauté dans son uniforme. Il passait sans se presser en riant avec ses potes. Il m'a regardée et il m'a fait :

– Tu es mignonne, tu sais ?

J'aurais pu mourir sur place.

9 h 00 Mon seul espoir est que : a) il ne m'ait pas reconnue et b) si jamais c'était le cas, qu'il adore le look « parfaite idiote rougissante » chez les filles.

9 h 35 Après le rassemblement du matin, je me suis précipitée aux toilettes pour vérifier les dégâts. Mes pires craintes se sont confirmées. Pas de doute, je suis Mme Hideuse. Petits yeux bouffis, cheveux collés au crâne et ÉNORME nez rouge. J'ai l'air d'une tomate en uniforme scolaire. Il faut se rendre à l'évidence, c'est ce que je suis.

16 h 00 La cloche, enfin ! Merci mon Dieu, maintenant je peux rentrer chez moi et mettre fin à mes jours.

19 h 00 Suis au lit. Oncle Eddie prétend qu'il existe une force invisible qu'on ne peut pas maîtriser et qui œuvre à notre insu... Si c'est vrai cette histoire, quelqu'un peut me dire pourquoi elle s'en prend à moi ?

Mardi 8 septembre

8 h 00 Toujours pas le temps de faire mon yoga. De toute façon, ça n'a plus aucune importance maintenant. J'ai eu le temps de faire le béret en saucisse, de me mettre du brillant à lèvres et de l'anticernes. Inutile de vouloir bouchonner le cheval si le concours est fini.

8 h 20 On était super en avance. On a remonté la pente avec Jas en devisant gaiement. De temps à autre, on agitait la main pour dire bonjour à quelqu'un (en fait, on faisait ça à tout le monde, c'était juste pour faire croire qu'on avait plein de copains).

On a ralenti à mort pour faire les derniers mètres jusqu'à la grille. Le troupeau des garçons de Foxwood était bien là à mater les filles mais pas la moindre trace de Tom ni de S-C.

9h30 J'avais oublié à quel point l'école c'est nase. Pendant le rassemblement ce matin, on bavardait gentiment en attendant que la Mère Fil-de-Fer monte sur l'estrade et vous savez ce qu'elle a dit une fois là-haut ? Elle a dit texto : « Du calme, jeunes filles, du calme ! » Comme si elle s'adressait à une bande de pigeons ou de colombes ou de je ne sais quoi. Ses méthodes fascistes fonctionnent déjà à plein régime parce que quelqu'un de bien intentionné lui a déjà signalé que certaines élèves ne mettent pas leur béret pour aller au collège. Ce qu'elle voudrait, nous disait-elle, c'est que les plus âgées donnent l'exemple aux plus jeunes et pas le contraire. C'est donc à ça que se résume ma vie aujourd'hui ? A parler de bérets ? Alors qu'un Super-Canon se balade quelque part sur cette planète. J'avais envie de hurler devant toutes les filles réunies : « Bouge-toi un peu, Fil-de-Fer. Bouge-toi même beaucoup... Tu as de quoi faire ! »

Mais Œil-de-Lynx me fusillait du regard. Je savais qu'elle pensait aux sauterelles. Elle ne me quitte jamais des yeux. On dirait une fouine. Je n'en peux déjà plus de tout ce cirque et il n'est que 9h30.

17h00 Quel cauchemar ! On nous a INTERDIT à Jas, Ellen, Jools et moi de nous asseoir ensemble au fond de la classe. J'Y CROIS PAS. Au lieu de ça, on m'a placée à côté de l'abjecte Pamela Green. C'est plus que je ne peux en supporter. L'abjecte P. Green est tellement ennuyeuse que rien qu'en la regardant, on a envie de s'ouvrir les veines. En prime, Œil-de-Lynx est notre prof principal. *Quelque horreur et tierce merde.* Et pour couronner le tout, on finit le vendredi après-midi par de la physique. Pourquoi tant de haine ?

Mercredi 9 septembre

8 h 40 J'ai ajouté la touche qui tue à mon maquillage, une pointe de mascara parfaitement indétectable.

Pas vu les garçons.

13 h 00 Après la cantine, Alison Peters et Jackie Mathews sont venues nous trouver, la clope au bec. Très vulgaires, les filles. Note que je ne me risquerais pas à leur dire vu que je n'ai pas la moindre intention de me faire casser la gueule ou d'avoir les pompes de gym bourrées de chewing-gum.

Jackie :

– Demain, on fait un nouveau truc, style rencontre avec les esprits. Vous êtes toutes convoquées dans la salle 5 C après le deuxième service du déjeuner.

Bravo, merci. Inutile de dire qu'il est rigoureusement interdit de rester dans l'enceinte du collège après le deuxième service. Je pressens quelque chose… Quoi au juste ? Ah oui, ce que je sens venir à pas de géant, c'est mon premier mauvais point pour mauvaise conduite.

Jeudi 10 septembre

17 h 00 Journée de classe hyper gonflante, puis retour à ma vie encore plus gonflante à la maison. J'avais envie de discuter avec Jas mais elle avait rendez-vous chez le dentiste. Jackie et Alison ont proposé de remettre à plus tard leur fantaisie occulte. Dieu merci ! On a appris pendant le rassemblement que Jackie était malade. Elle commence tôt avec les absences bobos celle-là. Résultat des courses, quel que soit le truc qu'elles mijotent, on a un répit de quelques jours. Je suis persuadée qu'elles se droguent toutes les deux et si ça se trouve, c'est au sédatif pour cheval.

Mardi 15 septembre

16 h 30 Pas la moindre trace de S-C. J'ai eu des infos par Katie Steadman dont les parents fréquentent le même club de bridge ringard pour super vieux que les parents de S-C. Il s'appelle Robbie Jennings. Ses parents, M. et Mme Jennings, sont les propriétaires du magasin du même nom, épicerie fine selon Jas.

D'habitude, je n'aime pas trop Katie Steadman. Rien à redire de particulier mais j'ai toujours l'impression qu'elle me trouve un peu superficielle. Je n'ai jamais vu une perche pareille. Elle a de beaux cheveux, mais elle en fait toujours trop. Exemple : elle lève la main en cours. Correctement, je veux dire. Quand Katie Steadman lève la main, elle ne la laisse pas pendre lamentablement au bout de son bras comme un vieux chiffon. La main qui pendouille est le signe distinctif de celle qui est obligée de lever la main parce que c'est la loi fasciste, mais qui, en fait, ne la lève pas vraiment. Moi, je lève la main avec un doigt pointé en avant comme les supporters de foot quand ils montrent du doigt un joueur un peu grassouillet en hurlant : « Qui qu'a mangé tous les gâteaux ? » Mais comme de bien entendu dans cette taule, toute velléité d'humour est étouffée dans l'œuf. Œil-de-Lynx m'a dit :

– Georgia, si vous êtes trop fatiguée pour lever la main, peut-être pourriez-vous vous coucher plus tôt… à moins que quelques dizaines de milliers de lignes vous raffermissent le poignet ?

Je vais essayer mon truc sur Herr Kamyer. C'est notre prof d'allemand et de physique, la seule lumière dans ces ténèbres infâmes. Il cumule à lui tout seul deux facteurs déclencheurs d'hilarité. Premièrement il est allemand et deuxièmement c'est le seul prof mâle dans un collège cent pour cent filles.

20 h 00 J'écoute de la musique classique. Je pensais que ça avait des vertus apaisantes mais c'est tout le contraire. Je n'ai jamais rien écouté de plus horripilant et en plus, il n'y a même pas de mélodie.

20 h 05 J'adore la vie ! ! ! Jas m'a appelée pour me dire qu'on était invitées à la fête de Katie Steadman et… que Tom et Robbie étaient invités aussi. Trop génial ! ! ! ! ! Si ça se trouve, c'est parce que j'ai fait la gentille avec elle qu'on est invitées. QU'EST-CE QUE JE VAIS METTRE ? ? ? ? Plan Orsec déclenché ! Il me reste à peine deux semaines pour trouver.

20 h 10 Je ferais mieux de faire mon yoga.

20 h 15 Je ferais mieux de commencer à me faire des masques dès maintenant.

20 h 20 Je me demande si mon nez ne diminuerait pas de volume si je dormais avec une pince à linge dessus comme Amy dans *Les Quatre Filles du docteur March* ? Est-ce que quelqu'un peut me dire pourquoi ma mère ne s'est pas mariée avec un type qui avait un pif normal ?

20 h 30 J'ai demandé à maman pourquoi elle avait épousé papa (il était au bowling avec oncle Eddie – tu le crois ça ?). Elle a réfléchi un moment avant de me sortir :

– Il me fait rire.

Il la fait rire… Il la fait rire… Bart Simpson me fait rire mais ce n'est pas une raison pour l'épouser.

minuit Hahahahahahahahahahahahahahahaha.

Lundi 21 septembre

8 h 00 Fête J moins onze.

Mardi 22 septembre

9 h 30 Ce matin au rassemblement, il y a une fille qui a pété (je soupçonne l'abjecte P. Green). Abjecte P. Green ou pas, le pet a retenti au milieu d'un silence de mort. Toutes les filles étaient en train de prier pour les plus démunis. Et croyez-moi, ce n'était pas le petit pet furtif non plus, c'était plutôt le genre de détonation à lézarder les murs. On sanglotait avec les copines. Tout le monde était plié en deux. J'ai tellement ri que j'ai encore mal au ventre.

Jeudi 24 septembre

17 h 30 Suis au lit. Gelée complet. Si ça se trouve, j'ai la tuberculose. De toute évidence, Mlle Stamp est une perverse sexuelle doublée d'une lesbienne tout ce qu'il y a de déclarée. Qui, à part elle, aurait l'idée de faire courir des filles en short pour qu'elles tapent dans une balle avec un bâton ? Elle, elle appelle ça du hockey. Moi, je dis que ça n'est ni plus ni moins que le fruit d'une imagination dépravée. Si jamais je loupe la fête à cause d'une pulsion lesbienne, Mlle Stamp MOURRA. ELLE MOURRA.

Vendredi 25 septembre

10 h 00 Enfin du nouveau ! ! ! En allant au collège, on a croisé Tom. Il s'est même arrêté pour discuter avec nous. Comme je vous le dis !

– Salut les filles, alors vous vous amusez ?

Moi :

– Tu parles. Je vois vraiment pas ce qu'il pourrait y avoir de plus amusant que de se faire torturer huit heures par jour par une bande de sadiques totalement givrés.

Il a ri, puis il a demandé à Jas :

– Tu viens à la fête de Katie ?

Jas a viré au rose et blanc, puis elle s'est stabilisée sur le blanc rosé, à l'exception du bout de son nez qui est resté rouge vif. Ne surtout pas oublier de lui dire à quoi elle ressemblait. Elle a fini par lui répondre et il a conclu l'entretien par un :

– Ben, je serai ravi de te voir là-bas.

Jas était extatique :

– Tu as entendu ce qu'il a dit ?

– Oui.

– Il a dit : « Tu viens à la fête de Katie ? »

– Oui.

– Il a dit : « Ben, je serai ravi de te voir là-bas. »

– Oui.

– Il a dit : « Ben, je serai ravi de te voir là-bas. »

– Je crois que j'ai compris.

– Il a dit : « Je serai ravi de te voir là-bas… » à moi. Il a dit « te » parce qu'il me parlait à moi-même personnellement.

– Jas…

– Oui ?

– Tu vas la fermer, oui ?

17 h 00 Elle ne l'a pas fermée.

On n'a pas eu physique parce que Herr Kamyer avait la grippe. Trop dommage ! Quand est-ce que je me marre, moi ? *Sacré bleu !*

Samedi 26 septembre

10 h 00 J'ai emmené Libby faire une balade en poussette. Ambiance blues automnal. Elle n'arrêtait pas de chanter : « Je suis la reine. Oh, je suis la reine. » Elle avait refusé que je lui enlève ses ailes magiques et l'installation dans la poussette avait viré au cauchemar. Les nuages filaient à toute blinde dans le ciel mais il y avait du soleil et l'air était vif. En faisant un petit effort, j'ai réussi à tomber le masque et j'ai fini par accompagner Libby dans ses vocalises. On était en train de hurler toutes les deux : « Je suis la reine. Oh, je suis la reine » quand il a surgi d'une Mini Cooper rouge. Robbie. Le Super-Canon.

– Bonjour ! On se connaît, il me semble, non ?

Je lui ai fait un sourire dément en essayant toutefois de maîtriser les velléités d'expansion de mon nez. J'ai une technique pour ça. Je relaxe bien la bouche, je mets la langue derrière la lèvre du haut et je n'oublie surtout pas de dilater légèrement les narines pour éviter qu'elles n'en fassent qu'à leur tête. Il m'a regardée un peu bizarrement.

– Les pommes, je lui ai fait non sans humour.

– Ah, oui. Je me souviens. Tu es venue au magasin avec ta copine.

Il a souri à nouveau. Quand il sourit, il est à tomber. Puis il s'est penché vers Libby qui, fidèle à elle-même, lui a jeté un de ses regards terrifiants genre « je suis une enfant gravement perturbée ». Elle lui a sorti :

– Je suis la reine.

Et lui :

– C'est vrai, ça ?

(Oooohhh, il est trop mignon avec les enfants !)

Et là, Libby a été grandiose :

– Parfaitement, je suis la reine et Georgia a fait un gros caca ce matin.

Je n'en croyais pas mes oreilles. Il n'en croyait pas ses oreilles. Personne n'en croyait ses oreilles. Rien d'étonnant à ça, on ne peut pas en croire ses oreilles, voilà pourquoi.

Il s'est relevé d'un bond.

– Faut que j'y aille.

Puis il a ajouté :

– A plus.

Et je me suis dit : « Pense Sharon Stone. Pense Sharon Stone. » Alors, je lui ai fait :

– On se verra probablement à la fête de Katie.

Et là, il me sort :

– Non, j'y vais pas. J'ai un autre truc ce soir-là.

19 h 00 « Georgia a fait un gros caca... »

19 h 05 « Non, j'y vais pas. J'ai un autre truc ce soir-là. »

19 h 06 La vie peut-elle être pire que ça ?

20 h 00 La réponse est oui. Mon père vient juste de passer la tête pour m'annoncer que James venait demain.

– On a pensé qu'on pourrait passer la journée tous ensemble à Stanmer Park.

Dimanche 27 septembre

22 h 00 James a essayé de m'embrasser ! ! ! C'était dégoûtant. Je vous ferai remarquer que c'est mon cousin. On parle d'inceste là. Faut plus que j'y pense sinon je vais dégobiller. Beurk ! Beurk ! Beurk !

22 h 05 C'est arrivé dans ma chambre après une horrible journée passée à traîner dans un putain de parc. Sans blague, ils pensent que j'ai quel âge au juste ? Ils m'ont même forcée à faire du tapecul. Et, bien sûr, j'ai craqué mon collant neuf. Bilan de cette délicieuse journée au grand air... j'ai filé mon collant et ensuite, j'ai été agressée par mon cousin. *Perfectamondo*. Dans ma propre chambre ! ! !

22 h 07 Après la promenade, on s'était installés dans ma chambre pour écouter des disques et lire des vieux livres de blagues quand, brusquement, il a éteint la lumière et il m'a sorti :

– Et si on jouait à Gratouilli Gratouilla ?

Gratouilli Gratouilla ! ! On y jouait quand on avait cinq ans. Gratouilli poursuit Gratouilla et une fois qu'il l'a attrapé, il le gratouille et... c'est tout. J'étais tellement estomaquée (et en plus je ne voyais rien dans le noir) que j'ai juste fait « Nnnnnnnnnn ». Et là, James hurle :

– Je te tiens !

Et il se met à me chatouiller. Je ne savais plus où me mettre. Mais ça n'était pas fini. Une sorte de truc humide est entré en contact avec mon visage dans la zone du nez. J'ai bondi tel un saumon vers l'interrupteur en butant dans tous les meubles. James s'est levé l'air de rien et il a repris un bouquin de blagues qu'il s'est mis à lire aussitôt. Et moi, j'ai fait pareil. Après quoi, mon père l'a ramené chez lui. L'incident truc humide dans la zone du nez n'a jamais été évoqué. Pas plus que celui de la jambe.

Je ne suis pas sûre de pouvoir en supporter d'avantage.

Lundi 28 septembre

11 h 00 A la récré, j'ai raconté à Jas et à Jools mes aventures avec James. Elles ont hurlé en chœur :

– Beurk, c'est écœurant. Ton propre cousin ? C'est immonde !

Jools nous a dit qu'elle avait déjà vu le « robinet » de son frère à plusieurs reprises.

– C'est très mignon, je vous assure. On dirait une souris.

Jools vit dans un monde à part (Dieu merci). Que le Seigneur bénisse les innocents !

16 h 15 Sur le chemin du retour, j'ai cru que j'allais tuer Jas. Elle était tout excitée à cause de la fête alors que moi, je ne sais même plus si je vais y aller. Jackie et Alison nous ont rattrapées en cours de route. Jackie avait une tonne de maquillage sur la tronche et elle s'était fait une coiffure d'enfer. Au moment où on passait près des toilettes du parc, elle nous a demandé de faire le guet pendant qu'elle se changeait.

– Je vais en boîte, qu'elle me fait de l'intérieur des chiottes, me prenant par erreur pour quelqu'un qui s'intéresserait vaguement à ce qu'elle fait.

– Ça m'étonnerait que les boîtes ouvrent à quatre heures et demie.

Et voilà qu'elle hurle :

– Percute, Georgette !

(Je la hais, je la hais.)

– Je passe d'abord chez mon mec me préparer. Il faut que je me maquille.

Il faut que je me maquille ? Si elle se maquille par là-dessus, elle ne pourra plus relever la tête avec le poids.

Elle est ressortie des cabinets avec un haut en satin méga moulant et un pantalon très serré. On lui aurait donné vingt-cinq ans.

– J'ai rencard avec le DJ de Loveculture. Il est génial. Je crois qu'il a trente ans mais j'adore les hommes mûrs.

Une fois les deux chipies parties, on a continué notre route. Moi :

– Tu crois que Jackie l'a déjà fait ?

Jas :

– Écoute, Georgia, qu'est-ce que tu dirais si je te demandais… si la reine mère est très vieille ?

Parfois, je doute de la santé mentale de Jas. Et comme si elle voulait me le confirmer une nouvelle fois, elle me sort :

– Gemma Crawfort m'a dit qu'elle connaissait un type qui donnait des leçons de baiser. Tu crois pas qu'on devrait y aller avant la fête ?

– Jas, serais-tu en train de me proposer d'aller voir un homme qui fait commerce de son corps ?

– Sa spécialité, c'est le baiser, point. Et c'est gratuit.

Tss, tss, tss.

22 h 00 J'ai laissé ma tête posée sur mon bras jusqu'à ce qu'il soit totalement engourdi. Après (à l'aide du bras non engourdi) j'ai levé ma main insensible jusqu'à mes seins et je l'ai posée dessus. Le but de cette expérience étant de savoir ce que ça me faisait d'avoir une main inconnue sur la poitrine. C'était plutôt agréable, mais comment savoir ? Trop d'envies abracadabrantes se bousculent dans ma tête pour que je puisse aligner deux pensées cohérentes. Côté soutien-gorge, qu'est-ce que je fais ? Je le mets pour aller à la fête, ou pas ?

22 h 05 Argh ! C'est trop horrible quand la sensibilité revient dans le bras engourdi.

22 h 07 Quand on s'embrasse le dos de la main, le truc gênant c'est qu'on n'arrive pas à savoir où est la main et où est la bouche. Du coup, on n'obtient aucune bonne sensation ni par la main ni par la bouche. Je me demande si les garçons ont les mêmes problèmes que nous ou s'ils savent d'emblée ce qu'il faut faire.

22 h 15 La réponse est non. A en juger par l'incident du « Gratouilli Gratouilla ».

Mardi 29 septembre

8 h 30 Sciences nat. Deux heures de maths. Français et géographie. *Qu'est-ce que le point ?*

Dans ma chambre

18 h 00 Quel désastre ! Jackie et Alison ont décidé que c'était aujourd'hui qu'on se fadait leur séance de spiritisme à la noix dans la salle 5 C.

C'est étonnant qu'il y ait si peu de gens qui leur résistent, y compris chez les profs.

On s'est donc toutes pointées à la 5 C après le deuxième service. Le convoyage en soi était déjà un désastre. Il a fallu que le troupeau reste tapi dehors à côté de l'entrée principale à attendre que la voie soit libre. Ensuite, on a foncé aux toilettes du sous-sol comme un seul homme, puis nouvelle vérification côté ennemis potentiels et on a grimpé au premier, puis re-arrêt sécurité, et comme ça jusqu'au cinquième étage.

Le temps d'arriver là-haut, j'étais claquée. On était sept en tout, en top forme. Ça crachotait et ça toussait dans tous les coins. Jackie nous a annoncé que ce qu'elle avait prévu comme réjouissance était une séance de lévitation avec magie noire et convocation des forces du mal pour nous filer un coup de main. Oh nom de Dieu, voilà-t'y pas qu'on allait invoquer le diable ! Tu parles d'une blague !

Pourquoi, mais pourquoi suis-je ici ? Si jamais on arrive à entrer en contact avec le diable, je pourrai peut-être faire un deal avec lui. Je lui refourgue l'âme de papa contre des gros seins pour la fête de vendredi.

Abby Nicols qui s'était portée « volontaire » pour être la victime du sacrifice, s'est allongée sur une table. Jackie s'est placée à sa tête et Alison à ses pieds, et nous tout autour à intervalles réguliers. Jackie :

– Un peu de sérieux et de concentration s'il vous plaît, nous invoquons les forces du mal ici. Une fois que vous aurez toutes glissé un doigt de chaque main sous le corps de Abby, nous commencerons la cérémonie.

Et tout le monde a obtempéré. Après ça, Jackie a fermé les yeux et elle s'est mise à psalmodier d'une voix d'outre-tombe : « Abby a mauvaise mine. Abby a mauvaise mine. » Puis, chacune à tour de rôle, on a répété :

– Abby a mauvaise mine.

Ensuite Jackie a continué avec :

– Son état empire. Son état empire. Abby a l'air malade. Abby a l'air malade.

Effectivement, Abby n'avait pas l'air très fraîche. Le rituel s'est poursuivi encore cinq minutes pendant lesquelles la malheureuse Abby allait de plus en plus mal. A la fin, Jackie a murmuré :

– Abby meurt. Abby meurt...

Et nous après elle :

– Elle est morte. Elle est morte.

Pour le coup, Abby n'avait franchement plus l'air bien du tout et elle était aussi raide qu'une planche. Je ne voyais même plus sa respiration soulever sa poitrine.

Alors Jackie s'est écriée :

– Oh, maître ! Aide-nous à envoyer Abby dans les airs.

Puis à nous elle a dit :

– Soulevez-la !

Et là, flippant de chez flippant, on a juste levé nos deux doigts et on a soulevé Abby comme un rien. En deux temps trois mouvements, elle était juste au-dessus de nos têtes. Je vous garantis que ça fout une pétoche d'enfer.

Deux secondes plus tard, on avait toutes tellement la frousse qu'on a laissé retomber Abby sur la table sans ménagements. Ça l'a sûrement requinquée car, en courant comme des folles vers la sortie, on l'a entendue qui geignait : « J'ai les fesses cassées. »

23 h 00 Je me suis réveillée en sursaut en entendant la porte de ma chambre s'ouvrir. Elle s'est ouverte toute seule…

Mercredi 30 septembre

7 h 30 Je ne peux plus du tout tourner la tête. J'ai dormi assise dans mon lit toute la nuit. Total, j'ai un torticolis.

13 h 00 Gemma nous a annoncé que son copain Peter Dyer, le prof ès pelles, serait chez lui cet après-midi. Tout ce qu'on a à faire, c'est d'y aller entre quatre heures et demie et six heures et demie parce que c'est l'heure à laquelle ses parents rentrent. D'après Gemma, la première arrivée est la première servie. En sommes-nous vraiment arrivées là ? Je ne peux me résoudre à y croire.

21 h 30 Il faut à nouveau que je discute avec Jas de ce qu'elle va mettre vendredi. En ce qui me concerne, elle peut même y aller à poil si elle veut, je m'en fous complètement.

OCTOBRE

AMOUR IMPUR

Jeudi 1er octobre

16 h 30 Il faut qu'on m'explique comment je me suis retrouvée devant chez Peter Dyer, le doigt sur sa sonnette. Ellen, Jas, Jools, Patty, Sarah et Mabs étaient cachées derrière une haie au bout du jardin. Mais qu'est-ce que j'ai tout à coup ? Vous voulez que je vous le dise ce que j'ai ? Je suis DÉSESPÉRÉE, voilà.

Je m'étais demandé s'il fallait que je me mette du rouge à lèvres ou pas. Je n'en voyais pas bien l'utilité si c'était pour se le faire enlever… Qu'est-ce que je raconte ?

16 h 31 Peter a ouvert la porte. Dix-sept ans, blond. Le genre léthargique, pas moche mais catégorie Boyzone. Il mâche du chewing-gum. J'espère qu'il l'enlève quand il exerce ses talents sinon je risque de m'étouffer. Il y a des petits rires crétins du côté de la haie. Peter les a entendus mais il n'a pas l'air perturbé outre mesure.

– Entre… C'est quoi ton nom ?

– Georgia.

(Triple buse, je voulais donner un faux nom !) Ça y est, me voilà à l'intérieur.

Il porte un jean moulant. Il y a des machins tintinnabulant que les Japonais accrochent au-dessus de leur porte d'entrée. (Pas sur son jean les machins, sur la porte.) Vous voyez ce que je veux dire... des carillons à vent à ce qu'il paraît. Est-ce que quelqu'un peut me dire à quoi ça sert ? Le bruit est horripilant ! Honnêtement, je ne vois pas en quoi c'est utile de savoir s'il y a du vent. En ce moment, on apprend le Japon en géo et pour agacer Œil-de-Lynx, j'ai mémorisé tous les noms des îles : Hokkaidò, Honshù... euh... presque tous. L'an dernier, j'avais fait la même chose avec les fleuves français (grâce au système mnémotechnique dit du GROS LARD : Gironde, Rhône, Oise, Seine, Loire, Aude, Rhin, Doubs). Je vous garantis que ça fait un effet bœuf quand vous les débitez à toute allure au moment où le prof vient de vous reprocher de ne pas être attentive.

Oh-oh ! on monte à l'étage. Sans un mot.

Sa chambre est beaucoup mieux rangée que la mienne. Pour commencer, son lit est fait. Au mur, il y a des posters de Samantha Fox, de Pamela Anderson et autres gonzesses du même acabit. Dans ma chambre, moi, j'ai une affiche de Benny Hill en caleçon et une photo des Incorruptibles. Ce serait donc à ça qu'on ferait la différence entre les filles et les garçons... Oh-oh ! Peter s'assied sur le lit.

– Tu veux pas t'asseoir ? qu'il me fait en tapotant sa couette.

Je pense à mort : « Très peu merci, je préférerais encore me mettre la tête dans un sac plein de vers de terre », mais je m'assieds quand même.

Le voilà qui met son bras autour de mes épaules. J'ai envie de faire pareil avec lui, genre gag, mais je m'abstiens. L'épisode olive fourrée m'a guérie des gags à jamais. Puis, de sa main libre, Peter tourne ma figure vers lui. Encore heureux qu'il n'ait pas fait ça hier quand j'avais le cou atteint de rigidité cadavérique.

– Ferme les yeux et détends-toi.

21 h 00 Ouf ! Il semblerait que je sois une femme à présent. Libby n'a pas l'air de s'en rendre compte puisqu'elle m'a obligée à me coucher avec son serre-tête à antennes. Elle veut absolument que je sois une énorme abeille et quand je lui dis qu'il est temps d'aller au lit, elle me fait des « Bzzzzz bzzzzzz » contrariés.

Pour réussir à la convaincre, j'ai été obligée d'en passer par des « bzzz bz bzz bzz bzz » moi-même, en indiquant son lit avec mes antennes.

21 h 20 Quand je suis rentrée à la maison, personne n'a remarqué le changement qui s'était opéré en moi. Entre nous, pour que papa quitte son fauteuil, il faudrait que j'arrive avec ma tête sous le bras. Il est en train de s'empâter sérieusement. Je ferais peut-être bien de le lui faire remarquer gentiment. Bref, comme je disais, ouf !

Une fois que j'ai eu fermé les yeux, Peter m'a annoncé que nous allions commencer d'abord par un baiser ordinaire. Puis il m'a embrassée. Le baiser numéro un est un bouche contre bouche sans mouvements des lèvres. Conclusion du maître, je suis naturellement douée, ni trop « ferme » ni trop dentue, ce qui est apparemment souvent le cas.

Et il m'a donné le truc pour savoir de quel côté il fallait pencher la tête (en fait, il suffit de regarder ce que fait celle du garçon et de suivre le mouvement).

Après ça, on a un peu bougé les lèvres et il m'a dit ce qu'il convenait de faire avec les mains (le plus sûr étant de les poser sur la taille du garçon).

On a fait plein de choses en une demi-heure. J'ai eu droit à quelques exercices avec la langue qui étaient de loin ce que je redoutais le plus. Mais en fait, c'était moins pire que je ne pensais. J'avais l'impression d'avoir une petite langue de lézard dans la bouche. C'était plutôt mignon, si on va par là. L'essentiel est de trouver le bon équilibre entre « don » et « abandon ». D'après Peter, on peut toujours conduire un cheval à l'abreuvoir mais on ne peut pas l'obliger à boire.

A la fin de la séance (signalée par la sonnerie d'un petit réveil), il m'a serré la main et il m'a raccompagnée jusqu'à la porte. En sortant, j'ai croisé Mabs, c'était son tour. J'étais contente d'être passée en premier. Sur le chemin du retour, Jools, Jas et Ellen ont essayé de me tirer les vers du nez mais je me suis drapée dans ma dignité et je leur ai sorti :

– Si vous n'y voyez pas d'inconvénient, je crois que j'aimerais méditer cette expérience, seule. *Bon nuit.*

22 h 45 Hahaahaahahahahahahahahaha. Je suis naturellement douée.

Vendredi 2 octobre

16 h 00 Ce soir, c'est la fête ! ! ! ! ! ! Je me demande pourquoi je suis si excitée alors que S-C n'y sera même pas. Mais si ça se trouve je pourrai peut-être mettre en pratique mes nouvelles connaissances.

Jackie Mathews a un énorme suçon dans le cou. Elle s'est collé une super couche de trompe-couillon dessus plus un foulard… vraiment discretissimo ! ! ! Le suçon est MONUMENTAL ! Mais avec quoi elle a bien pu se bécoter ? Un veau ? Je trouve ça d'un vulgaire. Et vous pouvez me dire pourquoi il faudrait se laisser mordre par les garçons ?

Cette journée était interminable. Je crois que je vais finir par me plaindre de Mlle Stamp en haut lieu. Il est clair qu'elle devrait exercer sa profession dans une prison. D'ailleurs, je suis sûre que c'est là qu'elle a fait ses classes. Vous savez ce qu'elle nous a fait ? Elle nous a obligées à courir autour du terrain de hockey alors qu'on était quasi au bord du gel. Pendant qu'on tournait, elle a découvert Jackie et Alison planquées dans les douches en train de fumer. Elle les a fait mettre illico en short et elles les a forcées à faire deux fois le tour du terrain. Rien que pour ça, ça valait le coup. Quelle rigolade ! Jackie fait sûrement illusion la nuit en discothèque quand elle est toute pomponnée, mais vous auriez dû voir son gros derrière s'agiter dans un énorme short bleu !

16 h 15 Plus que trois heures pour me préparer avant de retrouver les copines à la grande horloge. On part à la fête en bande. Mon père tient absolument à venir me chercher à minuit. Inutile de discuter, tout ce que j'obtiens de lui, c'est : « Tu as bien de la chance. De mon temps.... bla bla bla. » Et là, on est reparti pour le Moyen Âge qui d'après lui s'appelle les années soixante-dix.

19 h 30 J'ai retrouvé ma bande. On aurait dit une brochette de croque-morts en goguette. Pour changer du noir, on avait opté pour le noir. La maison de Katie Steadman est plutôt chicos. Elle a une pièce pour elle toute seule en plus de sa chambre. Les tapis à poils longs avaient été roulés contre les murs pour qu'on puisse danser.

Au moment où on est arrivées, il y avait déjà une trentaine de personnes, dont Tom. Ça a mis Jas dans tous ses états. Il était avec des copains mais il les a lâchés tout de suite pour venir nous parler. J'ai abandonné Jas à son Tom et je suis allée faire un tour. C'était vraiment chouette. J'ai dansé comme une folle pendant une bonne heure. J'essayais sans doute vaguement de séduire quelques garçons à qui rouler des pelles à défaut d'en rouler à S-C. Ils étaient tous plutôt mignons dans l'ensemble mais très niais. Il y avait quelques cas d'éruptions cutanées assez remarquables. J'avais de la chance, moi, avec mon sournois sur le pif. J'en ai vu qui étaient hérissés de boutons sur toute la figure... et certains jusque dans le dos... Au secours ! ! !

Et là, qui j'aperçois ? Peter Dyer. A qui je fais signe. Il était en train de parler avec Katie Steadman qui a eu l'air méga contrariée quand elle a vu qu'il venait me rejoindre.

– Salut ! qu'il me fait.

– Salut.... euh... merci pour hier. C'était vraiment.... euh... génial. J'ai beaucoup appris. Merci.

Il m'a jeté un regard en biais en se rapprochant dangereusement.

– Il y a un truc que j'ai pas eu le temps de te montrer. Viens avec moi.

Et hop, il me prend la main pour m'entraîner dehors. On n'avait pas abordé le chapitre « tenue de main », il a fallu improviser... Pas trop molle donc la main mais pas trop serrée non plus. A part Katie Steadman, je ne pense pas que quelqu'un nous ait vus sortir, ils étaient tous trop occupés à s'agiter stupidement sur un disque de Slade.

Une fois dans le jardin, Peter m'a plaquée contre un arbre et il s'est mis à m'embrasser (pas très causant comme garçon).

Côté langue, il y avait pas mal d'agitation, comparé au peu que je savais dans ce domaine. Je n'avais rien contre a priori mais ça me faisait un peu mal aux mâchoires. Contrairement à moi, Peter avait l'air de trouver ça à son goût à l'entendre couiner bizarrement en me comprimant contre l'arbre. Au bout d'un moment, il a entrepris de me fourrer son groin dans le cou et là, je me suis dit : « Oh, mais nous n'avons jamais abordé le sujet cou auparavant, ce garçon est donc en train d'expérimenter d'autres branches de son activité. » Moins une et je m'étranglais de rire (collée à un arbre... les branches de son activité... vous pigez ?)... mais je me suis contrôlée. Ne jamais oublier que les garçons n'aiment pas rire. Ensuite, j'ai entendu une portière de voiture claquer et des gens remonter l'allée.

En voulant reculer, l'autre toujours méchamment ventousé à mon cou, je me suis pris les pieds dans une racine et je suis tombée en arrière les quatre fers en l'air, entraînant la ventouse dans ma chute qui du coup s'est gravement écrasée sur moi. Vous auriez entendu l'énorme « houmpf ! » qu'on a poussé tous les deux. D'en bas, j'ai vu la tête inversée d'une blonde que j'ai reconnue illico, c'était une élève de terminale, et juste à côté d'elle, il y avait... S-C. Tout en noir et l'air pas content du tout.

La bouche hyper pincée, il a sorti :

– Vous ne croyez pas qu'il serait temps de retourner à la fête, tous les deux ?

Le nom de la blonde m'est revenu, Lindsay. Il était de notoriété publique qu'elle en tenait une méga couche. Elle regardait mes jambes. Probablement les enviait-elle, me disais-je stupidement. Mais, en suivant son regard, je me suis aperçue que ma jupe était entièrement remontée sur mes cuisses et qu'on avait une vue plongeante sur ma culotte. Je l'ai rabattue vite fait avec mon air « toujours digne quelles que soient les circonstances », mais la nunuche avait toujours son petit sourire narquois.

Peter, pas gêné du tout, a fait :

– Salut Robbie, je croyais que tu jouais ce soir.

– Oui, c'est vrai, mais Tom a oublié ses clés et je suis venu les lui déposer.

Il ne m'a même pas regardée, il ne m'a même pas dit au revoir ni quoi que ce soit d'autre d'ailleurs.

minuit Dieu que je le hais. Gros vaniteux de mes deux. Merde, merde, double ordure et merde. En quoi ça le regarde ce que je fais derrière les arbres ?

Mardi 6 octobre

15 h 00 Peter m'a appelée ce week-end. Je ne sais pas comment il a obtenu mon numéro parce que j'ai quitté la fête en quatrième vitesse. C'est sûrement Gemma qui le lui a donné. Papa a répondu au téléphone et là, ma vie a pris fin. Car, depuis IL NE ME LÂCHE PLUS. Il se croit irrésistiblement drôle en parlant de Peter comme de mon « cavalier ».

Le Peter en question voulait savoir si j'avais envie d'aller au cinéma avec lui la semaine prochaine. Je lui ai dit que ça me ferait super plaisir. Si je comprends bien, j'ai un petit copain maintenant. Alors peut-on m'expliquer pourquoi je me sens si déprimée ?

Depuis la fête, Jas est insupportable. Elle n'arrête pas de me faire passer des mots en cours de maths.

Chère Gee-Gee,

Tom est trop génial. Il m'a raccompagnée chez moi et quand on est arrivés devant ma porte, il m'a donné un baiser sur la joue super mignon. Il a les lèvres douces et il sent bon, pas comme mon frère. Il m'a demandé mon numéro de téléphone. Tu crois qu'il va m'appeler? A ton avis, s'il m'appelle, ce sera quel jour?

Aujourd'hui, on est lundi et je l'ai vu vendredi, donc ça fait déjà trois jours. Si j'étais lui, j'appellerais ce soir. Pas toi? A ton avis, est-ce qu'il faut que je dise oui quel que soit le jour qu'il propose pour un rendez-vous? Ou bien, s'il me dit vendredi, est-ce que je dois lui répondre: « Désolée, j'ai un truc ce soir-là. » Et là, il me dirait: « Et samedi, tu peux? » Et moi, je pourrais répondre: « Oh, oui, samedi, ce serait vraiment super. » Qu'est-ce que tu en penses? Ou est-ce que tu crois qu'il va penser que je le repousse si je lui dis que je suis prise vendredi, donc est-ce qu'il faut que je lui dise oui quel que soit le jour? Réponds-moi vite.

Je lui ai lancé un regard super mauvais mais elle a continué à m'envoyer des mots. Aucun des nases de la famille Jennings ne m'intéresse.

16 h 00 Malheureusement, que ça m'intéresse ou pas ne change rien pour Jas. Elle a passé tout le chemin du retour à me bassiner avec ce que Tom avait dit et avec ce que Tom avait fait. Plus elle me parlait de lui et plus je me disais qu'elle n'avait rien à faire avec un type comme lui. D'accord, il est possible que je sois un peu injuste et même un brin amère mais Jas est ma meilleure amie et elle doit faire ce que je lui dis… Plus tard, Tom a l'intention de reprendre le magasin de fruits et légumes de ses parents. « Dieu que c'est palpitant… » pense Jas.

– Moi, je trouve ça géant qu'il sache déjà ce qu'il veut faire.

– Tu as raison. Au moins comme ça, vous serez jamais à court de patates.

Jas a fini par remarquer que j'étais moyennement emballée. Elle a eu l'air un peu surpris :

– Je croyais que tu le trouvais sympa.

Je n'ai pas répondu. La seule chose que j'avais dans la tête c'était le regard hautain de Robbie. Jas continuait sur sa lancée :

– Tu penses qu'il vaudrait mieux que je ne sorte pas avec lui ?

Toujours pas de réponse.

Elle a répété sa question :

– Alors tu penses qu'il vaudrait mieux que je ne sorte pas avec lui ?

Je suis restée totalement énigmatique, ce qui est une prouesse quand on porte un béret sur la tête.

23 h 30 Je suis un fac-similé d'imitation de fax de personne humaine. Et j'ai rendez-vous avec un rouleur de pelles professionnel.

minuit Angus a mangé des culottes de maman. Elle dit qu'il faut qu'on s'en débarrasse. Et pourquoi elle ne partirait pas, elle ? Et papa aussi tant qu'on y est ? Est-ce que par hasard j'exagérerais ?

midi La Mère Fil-de-Fer a interdit la lévitation. Quand elle a fait son annonce ce matin au rassemblement, elle tremblotait méchamment. Méga gélatineuse la dirlo, il y avait de la bajoue qui tressautait dans tous les sens.

– Mesdemoiselles, cet établissement ressemble aux quartiers chauds de Haïti. Il faut que cela change immédiatement. Si je trouve une élève en train de pratiquer la lévitation, elle encourra des sanctions d'une extrême gravité. En ce qui me concerne, je n'aimerais pas me retrouver dans les souliers de cette élève.

J'ai glissé à l'oreille d'Ellen :

– Il n'y a pas une paire de chaussures à sa taille dans tout le collège. Elles pèsent combien ses jambes, à ton avis ? T'imagines la taille de sa culotte… Je suis sûre qu'il y a de quoi faire deux housses de couette là-dedans.

Œil-de-Lynx nous a fusillées de son regard d'aigle.

14 h 00 Je me sens d'humeur assassine. Si c'était mon genre, je terroriserais une sixième. Comme ce n'est pas mon genre, je me contenterai de cacher la trousse de l'abjecte P. Green.

15 h 00 En allant au labo de sciences, j'ai croisé Lindsay. Dieu que tu es tarte ma pauvre fille ! Elle, c'est vraiment Miss Craignos. Elle a la coupe de douilles la plus cucul du monde, style brushing retourné vers l'intérieur au bout des pointes ! J'ai vu ses jambes au hockey, elles sont riquiqui. Des toutes petites jambes maigrichonnes de fille qui a passé des années en chaise roulante. Et puis pour bosser, elle se colle une paire de loupes sur le nez qui lui font les yeux tout globuleux. Avec ces machins sur le pif, elle a l'air d'un pauvre têtard. Je suis prête à parier qu'elle les cache quand elle sort avec l'autre nasebroque. Merde ! Merde ! Merde ! Dans quatre heures, j'ai mon « rendez-vous ». Le truc horrible, c'est que je n'ai pas envie d'y aller. Je n'ai rien contre Peter mais je n'ai rien pour non plus. Je veux juste qu'on me fiche la paix.

Dans ma chambre

minuit Si seulement je ne m'étais pas lancée dans cette histoire de cours de baisers. J'ai l'impression d'avoir été attaquée par des bulots. Je ne peux plus le voir. Qu'est-ce qu'il me trouve à la fin ? Je n'ai pas pu aller plus loin que : « Qu'est-ce que vous avez comme matières au brevet... ? » avant d'être à nouveau victime d'une attaque de bulots. Je ne peux plus sortir avec lui. Comment lui dire ?

1 h 00 C'est Jas qui va se taper le sale boulot.

Vendredi 16 octobre

21 h 00 Quelle semaine !

Jas a largué Peter pour moi. Et comme je lui avais demandé de le faire gentiment, elle lui a raconté que j'avais un gros problème personnel. A la question de Peter : « Lequel ? » Jas n'a rien trouvé de mieux à dire que : « Georgia pense qu'elle est lesbienne. » Bravo Jas ! Et encore merci.

Lundi 19 octobre

16 h 00 Ça y est, la nouvelle a fait le tour du collège : je suis lesbienne. On était dans les vestiaires juste avant le cours de gym quand Mlle Stamp est entrée pour se changer. D'un coup, toutes les copines se sont tirées pour me laisser seule avec Mlle Stamp. Elle a une de ces moustaches ! Elle ne s'en rend pas compte ou quoi ?

Vendredi 23 octobre

20 h 00 Tom a appelé Jas pour l'inviter à un concert des Stiff Dylans, le groupe de Robbie. Je parie qu'ils sont nuls. Je parie que c'est *de le merde*. Je parie que c'est *de le double merde.*

Au moment où j'entrais dans la cuisine, papa et maman ont brusquement cessé de parler avec un air atrocement sournois. Je vous rassure tout de suite, j'adore qu'ils arrêtent de parler quand j'entre dans une pièce. En fait, j'adorerais ça si le cas s'était déjà présenté.

– Dis moi, Gee, ça te dirait de découvrir le monde ? me demande maman.

Et moi :

– Si tu crois que tu vas réussir à me convaincre d'aller voir tante Kath à Blackpool pour Noël, tu te fourres le doigt dans l'œil.

Des fois quand je m'y mets, j'ai la repartie sanglante.

22 h 00 Quel que soit l'angle sous lequel on le considère, mon nez est bien une masse énorme et spongieuse. Je me demande si maman accepterait de me payer une opération de chirurgie esthétique… Si jamais je raconte au médecin que mon nez me traumatise au point de ne plus pouvoir sortir et qu'il m'empêche même de faire mes devoirs, peut-être que l'intervention pourra être prise en charge par la Sécu ?

Brutal retour à la réalité… Mon médecin n'a rien à voir avec un docteur à la George Clooney dans *Urgences*, style médecine à visage humain et terriblement séduisant. Avec le Dr Wallace, on serait plutôt dans la catégorie médecine à visage rougeaud, incroyablement adipeux et inhumain. Déjà quand on a la grippe, c'est difficile d'obtenir un cachet d'aspirine avec lui.

23 h 00 Jas m'a appelée. Elle a passé une super soirée avec Tom.

– Il t'a fait un cadeau ? Des poireaux peut-être ?

Je reconnais, c'était méchant mais elle n'est pas descendue de son petit nuage pour autant.

– Tom danse vachement bien et les Stiff Dylans sont géniaux. Robbie a une de ces voix !

Et il a fallu que je me flagelle bien sûr :

– Lindsay était là ?

– Ouais. Elle était là. En fait, elle est plutôt sympa, tu sais. Elle s'était fait un chignon.

La trahison de Jas m'a mise dans un état de rage grave :

– C'est génial que tu te fasses des nouvelles copines. N'empêche que, en tant que meilleure copine de Lindsay, tu ferais bien de lui conseiller de ne pas se faire de chignon avec les feuilles de chou qu'elle a !

Et pan ! je lui ai raccroché au nez.

minuit *Qu'est-ce que le point ?*

Lundi 26 octobre

19 h 00 J'ai ignoré Jas toute la journée. C'est fatigant, mais il faut bien que quelqu'un le fasse.

Jeudi 29 octobre

17 h 00 Aujourd'hui, je me suis fait allumer par la Mère Fil-de-Fer. Honnêtement, cette femme-là n'a pas un poil d'humour.

Notre principal différend vient du fait qu'elle s'imagine qu'on va à l'école pour y apprendre des trucs et des machins, or tout le monde sait que le collège ne sert qu'à remplir les heures interminables qui nous séparent de notre retour à la maison et des choses importantes que nous avons à faire entre copines. Des choses de la vie : se maquiller, écouter des disques, courir après les garçons…

Bref, il s'agissait encore une fois d'une bricole insignifiante.

On devait faire la photo de classe avec toutes les troisièmes plus leurs profs, y compris Herr Kamyer, le mâle solitaire. Avec Ellen, Jas, Jools, Rosie, on nous avait collées dans le fond parce qu'on est les plus grandes. Notre kif du moment, ce sont les vieilles séries d'animation des années soixante. On en a deux préférées. La première, c'est *Stingray* avec la princesse Marina Aquamarina et la seconde, c'est *Supercar* avec Jimmy Gibson, le bambin qui accompagne Mike Mercury dans sa super voiture qui va dans l'espace et partout d'ailleurs. Rosie a toutes les cassettes et on se les regarde à longueur de journée. Total on est incollables sur le plan répliques. On se lance des « Mise à feu des réacteurs » ou bien des « Appel à l'aide internationale » à tout bout de champ. On fait un autre truc aussi, on marche toutes raides comme si des marionnettistes (super nases) tiraient nos ficelles. En ce moment, notre vedette, c'est Marina Aquamarina. Elle vit dans un royaume aquatique et c'est son père qui en est le roi. Mais voilà que d'horribles hommes-poissons menacent le royaume (non, ils n'ont pas d'immenses braguettes sur leur tenue de poisson, mais c'est dommage parce que ça aurait été trop mortel).

Je disais donc, Marina Aquamarina passe ses journées à se balader sous l'eau en faisant plouf plouf avec ses bras tandis que sa longue chevelure blonde traîne derrière elle. Les garçons l'adorent. Évidemment, elle est muette. Si jamais quelqu'un adresse la parole à Marina Aquamarina, elle se contente de battre des paupières de façon avantageusement stupide. Tout ça pour dire que quand on est Marina Aquamarina, non seulement on agite les bras mais on n'a pas le droit de parler, on peut hocher la tête et battre des paupières, point. Si une surveillante nous demande où est notre béret, une seule alternative : battre des paupières le regard fixe et s'enfuir rapidement en agitant nos nageoires.

Le deuxième délire, c'est de faire semblant d'être le Jimmy de *Supercar*. Ce gniard a un nez terriblement retroussé, couvert de taches de rousseur. C'est clair qu'on aurait pu se contenter de se remonter le nez avec un doigt pour obtenir l'effet retroussé, mais on a trouvé une méthode beaucoup plus sophistiquée qui implique l'utilisation de boîtes d'œufs. Sur le truc creux dans lequel on met l'œuf d'habitude, on dessine deux narines et des taches de rousseur, et le tour est joué. Il ne reste plus qu'à enfiler un élastique par-dessus et à se coller le faux nez sur la tronche. *Arrive le enfant Jimmy !!!*

Donc, le jour de la photo, Rosie, Ellen, Jools, Jas et moi, on a toutes mis nos pifs de Jimmy. Si on regarde la photo rapidement, on ne remarque rien mais si on s'approche un peu, on s'aperçoit que les cinq grandes gigues du fond ont toutes un faux nez retroussé couvert de taches de rousseur. Franche marrade pour tout le monde. Pas pour la Mère Fil-de-Fer qui tremblotait d'indignation.

– Avez-vous une idée de ce que coûtent ces photos ? Non, bien sûr, pauvres idiotes que vous êtes. Vous rendez-vous compte que vous vous couvrez de ridicule et l'établissement avec vous ? Non, ces choses évidentes vous échappent, bien sûr.

Quarante ans plus tard, on quittait son bureau. Punition de la Mère Fil-de-Fer : ramassage des papiers gras dans tout le collège. C'est M. Attwood qui va être content, lui qui est préposé à l'entretien. Il tient sa petite revanche, depuis le temps qu'il veut se venger de nous parce qu'on l'appelle Elvis. Il n'a que cent neuf ans et, à part mon père, c'est le type le plus ennuyeux et le plus grincheux de la terre. Je ne sais pas ce qu'il a en ce moment (mon père), mais il n'arrête pas de me couver du regard. Ça y est, j'y suis ! L'inceste chez nous, c'est un truc de famille. (Elle est excellente, celle-là, n'empêche.)

NOVEMBRE

UN BRIN DE SAUVAGERIE

Jeudi 5 novembre

19 h 00 Je déteste cette foutue fête du 5 novembre. Pour rentrer à la maison, c'est le parcours du combattant. Partout, il y a des types montés sur des échasses à ressort qui font éclater des pétards. C'est bien les garçons ça, de faire du bruit et d'effrayer les populations. J'ai aperçu Peter Dyer (le bulot). Il a fait comme s'il ne m'avait pas vue, n'empêche qu'il a glissé un truc à l'oreille de son copain. Il sort avec Katie Steadman maintenant. Toutes mes félicitations, ma grande ! Et si jamais ce bulot était mon premier et dernier petit copain ? On se reparle avec Jas. Dommage d'ailleurs parce qu'elle n'a qu'un seul sujet de conversation : Tom. Elle l'a super mauvaise parce qu'il travaille tout le week-end.

– C'est comme ça dans les fruits et légumes, ma vieille. Tu passeras toujours après ses salades.

Ça lui a cloué le bec pour une fois.

19 h 30 Angus adore le 5 novembre. Mme Porte-à-Côté a enfermé son caniche dans une cellule capitonnée parce qu'il était mort de trouille. Angus se régale, lui. Il court après les fusées, en pensant probablement qu'il s'agit de poules faisanes incandescentes. Il y a un grand feu de joie en bas derrière la maison. Tout le quartier va y aller mais moi je n'irai pas. A la lueur des flammes mon nez paraît encore plus monstrueux. Note que je pourrais mettre un chapeau. Alors, voilà où j'en suis, c'est ça ? A sortir affublée d'un bibi ? Non, Georgia va rester gentiment à la maison. Elle regardera les gens s'amuser par la fenêtre de sa chambre.

22 h 00 Génial le feu de joie !

J'adore le 5 novembre ! J'ai mangé des pommes de terre cuites sous la braise et je me suis fait draguer par un garçon qui habite en haut de ma rue. Il ressemble un peu à Mick Jagger (pas parce qu'il a l'air d'avoir cent ans). En partant, il m'a fait : « A plus. » Je crois qu'il va au lycée des grosses brutes. Mais, j'y pense, il pourrait peut-être m'apporter ce petit brin de sauvagerie qui manque à ma vie, celui-là. Gnaque ! Gnaque !

Angus est couché sur mon lit. Ce qui signifie que je ne peux pas allonger mes jambes et, bien sûr, pas question de le déplacer. Il a une oreille toute cramée et ses moustaches ont entièrement brûlé, mais il ronronne sec.

Mercredi 11 novembre

16 h 20 Jas est là. Je lui prépare mon célèbre lait au café et la voilà qui se remet à geindre :

– Tom bosse encore ce week-end.

– Je t'avais prévenue, les fruits et légumes, c'est une affaire de famille.

En disant ça, je me suis sentie méga mûre d'un coup, en même temps qu'un peu mère juive me semble-t-il.

C'était la première fois de ma vie que je disais « affaire de famille ».

Mazeltov ! Jas n'a pas remarqué ma nouvelle judaïcité car elle a continué à délirer.

– Je sais plus où j'en suis. Il me plaît vachement mais d'un autre côté, j'ai envie de m'éclater… Ça me dit vraiment rien de faire la super sérieuse, style je pense à l'avenir et je sors plus jamais.

C'est dingue comme je me sentais à l'aise dans mon nouveau rôle.

– Écoute, Jas, tu es une fille intelligente (vous me suivez maintenant ? J'ai pu lui sortir un truc aussi énorme sans même sourire), jeune et séduisante, tu as le monde à tes pieds. Est-ce que tu veux vraiment finir tes jours avec un type qui est dans les salades ? Si c'est ce que tu veux, t'étonne pas alors de te retrouver avec cinq gosses sur les bras, à discuter choux avec ton mari à quatre plombes du mat.

Et j'ai fini ma tirade par un : « Regarde un peu ce qui est arrivé à ma mère… », bourré de sous-entendus.

Jas, qui m'avait suivie jusque-là, a marqué un temps.

– Qu'est-ce qui est arrivé à ta mère ?

– Elle vit avec mon père.

– Je vois ce que tu veux dire.

Lundi 16 novembre

16 h 30 Jas a rompu avec Tom. Elle est arrivée ce matin blanche comme un cachet d'aspirine avec les yeux tout gonflés. On a fait le point à la récré.

Elle a insisté pour qu'on aille jusqu'au court de tennis alors qu'il devait faire moins trente. C'est vrai que je refuse de porter un Damart, je préfère l'option soutif même s'il rebique à mort. Je suis formelle, mes seins poussent. Il paraît que plus on les caresse, plus ils poussent. Vu la taille de ceux de Melanie Griffith, elle doit passer ses journées à ça. Bref, Jas m'a fait son topo sur l'affaire Tom et sur son nouveau statut de largueuse.

(Du verbe larguer : je largue, tu largues, il/elle largue, etc.)

– Il était tout retourné et vachement en colère aussi. Il trouvait qu'on allait bien ensemble tous les deux.

J'ai vu le moment où elle allait pleurer. Du coup, j'ai posé un bras consolateur sur ses épaules. Mais je l'ai retiré aussi sec. Merci bien, je n'ai aucune envie que la rumeur sur mon homosexualité reprenne.

– Écoute Jas, il y a plein d'autres mecs. Tu mérites mieux qu'un marchand de laitues avec un grand frère immonde.

22 h 00 Oh mon Dieu ! Jas a encore appelé.

– Dis, tu crois que j'ai bien fait de le larguer ?

Il faut absolument que je la branche sur quelqu'un d'autre.

Jeudi 19 novembre

20 h 20 Enfer et damnation ! ! !

On a eu une remplaçante en sciences nat. Non, pas une remplaçante, une prof auxiliaire. Zut, ça n'est pas ça non plus… disons une étudiante. Très nerveuse la prof et très myope. Nous, on était intenables comme ça arrive parfois, à rire non stop comme des tordues. A un moment, Mlle Idris, l'étudiante, me demande de faire passer aux élèves des pipettes ou je ne sais plus quel truc mais au moment où je veux me lever, je m'aperçois que je suis ficelée à la poignée de mon tiroir avec les liens de ma blouse de sciences.

Ellen et Jools étaient tellement mortes de rire qu'elles ont mis des années à défaire les nœuds. Après ça, Rosie a fait passer un mot à toute la classe :

Opération « Ça déménage », mode d'emploi.

A chaque fois que Mlle Idris écrit un truc au tableau, tout le monde recule son bureau de quelques centimètres sans faire de bruit.

A la fin du cours, quand la prof s'est retournée, on était toutes quichées contre le mur du fond à trois mètres au moins de l'estrade. On n'arrivait plus à parler tellement on riait. Mlle Idris n'a pas moufté, elle s'est contentée de cligner des yeux derrière ses tessons de bouteille.

Puis l'horreur. On sortait à peine du collège quand on est tombées sur Robbie. Durant une fraction de seconde, je me suis dit qu'il avait enfin compris que c'était MOI MOI MOI qu'il voulait et non pas l'autre andouille mais quand je suis passée à côté de lui, il m'a jeté un regard super MAUVAIS.

– T'as vu ça, Jas ? Qu'est-ce que je lui ai fait ? D'accord, il a vu ma culotte, mais il y a pas de quoi criser.

Et là Jas pique un léger fard. Je lui fais :

– Dis-moi, tu saurais pas des trucs que je saurais pas par hasard ?

Pas vraiment à l'aise, elle me sort très vite :

– Peut-être. Je crois que Robbie est fâché contre toi parce que Tom est super mal depuis qu'on sort plus ensemble et que je lui ai dit que si je le larguais, c'était en partie parce que tu m'avais dit que je méritais mieux qu'un marchand de légumes. Tu l'as dit, je n'ai rien inventé.

Je l'ai agrippée par sa cravate.
– Tu as dit quoi ? ? ? ? ? ? ? ? ? ? ? ? ?
Elle est passée par toutes les couleurs de l'arc-en-ciel.

minuit J'Y CROIS PAS. Poignardée dans le dos par ma soi-disant meilleure amie. Ça ne se serait jamais passé comme ça dans *Le Club des Cinq*. Tu m'étonnes que Robbie me fasse la gueule et qu'il m'en veuille.

Lundi 23 novembre

16 h 15 Journée immonde. En cours d'allemand, Jackie nous a « proposé » une activité pour faire passer le temps pendant que Herr Kamyer s'amusait à décliner des verbes au tableau. (Tu parles d'une langue ! Il faut attendre la fin de la phrase pour connaître le verbe. A force d'attendre, moi, je finis par m'en foutre complètement. Je me demande si je n'appellerais pas mon père Vater et ma mère Mutter pour changer. Vati et Mutti plutôt, c'est plus court.)

Bref, l'idée de Jackie, c'était que chacune donne une note sur dix aux avantages physiques des copines : la peau, les cheveux, les yeux, le nez, la ligne, la bouche et les dents. Donc, chaque fille a recopié la liste sur un bout de papier en écrivant son nom en haut. Ensuite, elle l'a fait passer aux autres pour qu'elles mettent leurs notes. On était Jackie, Alison, Jas, Rosie, Jools, Ellen, Beth Morgan et moi. Je n'avais pas la moindre envie de participer à ce truc mais il n'est pas question de dire non à Jackie. J'ai mis des notes quasi maxi à tout le monde… même quand ça sautait aux yeux que je n'aurais pas dû. Je vous donne un exemple. J'ai réussi à mettre un sept à Beth pour ses dents parce que je m'étais fait le raisonnement suivant : une supposition que ses dents de devant repoussent (on peut toujours rêver), elle aurait un sourire correct. Bien sûr, on donnait nos notes anonymement. Quand tout le monde a fini, chacune a récupéré son bout de papier.

Je vous donne mes scores :

Peau : 7 - 8 - 8 - 7- 8 - 8 - 7
Cheveux : 8 - 8 - 8 - 8 - 8 - 8 - 8
Yeux : 7 - 8 - 8 - 8 - 8 - 8 - 8
Nez : 4 - 3 - 3 - 0 - 4 - 4 1/4 - 4
Ligne : 7 - 6 - 7 - 7 - 7 - 7 1/2 -7
Bouche : 6 - 6 - 6 - 6 -5 - 6 1/3 - 6
Dents : 8 - 8 - 9 - 9 - 8 - 9 -9

J'y crois pas, il y en a une qui m'a filé un zéro pour mon nez ! ! ! C'est moi qui ai les notes les plus minables ! Et c'est grâce à mes dents que j'ai obtenu mon meilleur score ! Jas a eu des huit à peu près pour tout. Elle est horripilante, elle fait celle style j'ai réussi mon exam les doigts dans le pif, alors je me sens atrocement « bonne » avec les moins chanceuses. On a commenté les notes sur le chemin du retour.

– Dis donc, Jas, comment ça se fait que tu aies eu des meilleures notes que moi pour la bouche ? Qu'est-ce qui cloche avec la mienne ? Tu peux me dire ce qu'elle a de plus, la tienne ? C'est toi qui m'a filé le six un tiers ? On dirait ton écriture.

Maintenant qu'on n'était plus que toutes les deux, elle faisait moins la maligne.

– Tu trouves ?... Non, c'est pas moi, ça.

Mais je l'ai eue.

– En tout cas, si celle-là c'est pas toi, c'est que tu m'as mis encore moins.

Obligée de revenir sur ce qu'elle avait dit :

– Okay, c'est mon écriture.

J'étais blême :

– Alors vas-y, dis-le ! Qu'est-ce qui ne va pas avec ma bouche ?

– Rien de particulier. C'est d'ailleurs pour ça que je t'ai mis un six un tiers.

– Mais, c'est hyper moyen comme note.

– Je sais. D'ailleurs, j'aurais pu te mettre plus parce que quand elle est fermée, elle vaut bien un sept ou un huit.

– Fermée ? ! ! !

Jas était rouge comme une écrevisse.

– Ben quoi, j'ai considéré les choses dans leur ensemble. C'est à cause de ton sourire.

– Qu'est-ce qu'il a mon sourire ?

– Ben voilà, quand tu souris, ta bouche est tellement grande...

– Vas-y, je t'écoute...

– ... que ça te coupe le visage en deux et que, du coup, ton nez ressort beaucoup plus.

19 h 00 Dans ma chambre. Face au miroir. Je m'entraîne à sourire sans faire ressortir mon nez. Impossible. Tant pis, je ne sourirai plus jamais.

20 h 00 Coup de fil à Jas.

– Tu m'a mis un sept et demi pour la ligne alors que moi, je t'ai mis un huit.

– Et alors ?

– Si je t'ai mis un huit, c'est juste parce que tu es ma copine.

– Eh bien moi, si je t'ai mis un sept et demi, c'est aussi parce que tu es ma copine sinon je t'aurais mis un sept.

minuit Comment Jas a-t-elle osé me mettre... Combien déjà ?... Ah, oui, un huit pour mes yeux ? Quand je pense que je lui ai mis un huit aussi, alors que les siens sont bêtement marron.

1 h 00 Cette crétine de Beth Morgan a dû me mettre un quatre pour mon nez, à moins que ce soit un trois ou un zéro. Quand je pense que je lui ai mis un six et demi, j'ai fait preuve d'une générosité extravagante.

Je me demande à quoi ça sert d'être gentille.

Jeudi 26 novembre

9 h 00 Vati a lâché une bombe ce matin : il part en Nouvelle-Zélande ! Ils envisagent de s'installer là-bas avec M. ! Je me demande pourquoi ils prennent la peine de m'informer. Je ne vois absolument pas en quoi ça me concerne. Je me dépêchais pour partir au collège quand Vati m'a sorti :

– Georgia, je ne sais pas si tu es au courant mais il y a eu pas mal de licenciements dans ma boîte.

– Vati, ne me dis pas que tu vas aller pointer au chomdu avec les jeunes ! Si tu as des problèmes de blé, tu n'as qu'à vendre ton petit tablier.

Lundi 30 novembre

16 h 30 Jas a toujours le blues à cause de Tom. Voilà qu'on n'a plus le droit de passer dans « son » quartier maintenant ! J'espère que je ne suis pas en train de tourner dingue. Rosie m'a raconté qu'elle se dessinait des trucs sur le palais avec la langue, style un cœur ou une maison. Je lui ai dit qu'elle était siphonnée mais j'ai commencé à faire pareil.

17 h 00 Je suis tombée sur le type que j'ai rencontré le soir du 5 novembre, celui qui habite en haut de ma rue. On a tchatché cinq minutes. C'est rigolo, c'est un des rares garçons avec lequel je ne me sente pas obligée de foncer immédiatement me couvrir de fond de teint. J'oublie même de faire retomber mes cheveux sur la figure pour en cacher la moitié (et par la même occasion, la moitié de mon nez). Papa m'a dit que si je continuais à faire ça, je finirais par devenir aveugle d'un œil, et qu'en plus j'avais l'air d'un pékinois avec mes cheveux dans les yeux. Mais qu'est-ce qu'il en sait ? Et d'ailleurs, je ne vois pas en quoi ça le dérangera en Nouvelle-Zélande.

Le gars du 5 novembre s'appelle Mark. A mon avis, si je ne me sens pas trop mal à l'aise avec lui, c'est qu'il a une bouche ÉNORME. Et quand je dis énorme, c'est énorme, un machin à la Mick Jagger. Il a dix-sept ans. Il va à Parkway, le lycée des gros durs. Il est zinzin de foot et il joue avec ses potes dans le parc. Je pense que je les ai vus une fois quand Angus m'y a entraînée « accidentellement ». Je le trouve plutôt craquant (pas Angus, Mark), même avec sa grosse bouche. Il veut devenir footballeur professionnel et il va bientôt passer un match de sélection je ne sais plus où. Quand on s'est séparés, il m'a fait : « A plus. » Oh, non, ne me dites pas qu'on est reparti sur une « à plus » story.

21 h 00 J'ai vu Mark descendre la rue avec ses potes. En passant devant chez moi, il a levé la tête vers la fenêtre de ma chambre. Je me suis baissée précipitamment. J'espère qu'il ne m'a pas vue. Je m'étais fait un masque à l'avocat et j'avais la frange scotchée pour la raidir. Je me demande bien où ils allaient ? Mark était en survêt et en baskets.

22 h 30 J'ai entendu Mutti et Vati se disputer. Allons bon, voilà autre chose. Si jamais ils se séparent, ils vont sûrement se déchirer à mort pour obtenir ma garde.

22 h 40 Si c'est maman qui gagne, je pourrai me maquiller autant que je veux, avoir plein de fringues et j'arriverai à la baratiner sans problème pour qu'elle me laisse sortir tard. Mutti rit à mes plaisanteries et elle sort beaucoup, elle-même. D'un autre côté, il y a Vati.

22 h 42 Tant pis, alors… Bye bye Vati !

DÉCEMBRE

LE CONCERT DES STIFF DYLANS

Mardi 1er décembre

11 h 00 *Mucho excitemondo !* La Mère Fil-de-Fer a annoncé ce matin que Foxwood organisait une soirée dansante pour Noël.

– Mesdemoiselles, le 12 décembre à dix-neuf heures trente précises, vous êtes invitées à participer à une soirée dansante offerte par le lycée de garçons de Foxwood.

On se serait cru dans *Folle Soirée à Mallory School.* On a poussé un « Ooooooohhhhhhhhhhhhhhh-hhhhhh ! » dément jusqu'à ce que la Mère Fil-de-Fer hurle :

– Du calme, mesdemoiselles !...

avant de poursuivre :

– La soirée sera animée par un... orchestre.

On repartait sur un autre « Ooohhhhh » mais Œil-de-Lynx nous a lancé un regard d'une telle cruauté qu'on a stoppé net.

J'avais une folle envie de crier : « Trois bans pour le directeur de Foxwood et trois Vive l'Angleterre ! » mais je me suis abstenue.

Fil-de-Fer n'avait toujours pas fini.

– L'orchestre s'appelle les Stiff Dylans.

12 h 30 Papoti papota avec Jas au distributeur de bonbecs. Jas :

– Dis, tu crois qu'on devrait y aller à ce truc ? Si ça se trouve Lindsay y sera et peut-être que Tom... sort avec une autre fille. Et nous, on risque d'avoir l'air de...

– De deux cruches qui font tapisserie à un mariage, c'est ça ?

16 h 00 Le truc le plus craignos de tous les trucs craignos du monde s'est produit aujourd'hui pendant le cours d'éducation religieuse de Mlle Wilson. Il faut préciser que Mlle Wilson n'est pas à proprement parler une personne normale (de toute façon, je ne vois pas quelle personne normale serait prof d'éducation religieuse). Elle n'a vraiment pas de bol, la pauvre. D'abord, elle est rousse avec un pauvre carré minable, ensuite ses collants plissent et, pour finir, elle a des cardigans à pleurer qu'elle boutonne une fois sur deux de travers. C'est clair que, rayon beauté, elle n'a pas été gâtée, mais le pire de tout c'est qu'elle n'a pas de personnalité, pas le début d'une, rien, nada.

Pendant ses cours, c'est toujours le même topo. Elle dégoise non stop et nous, on s'écrit des mots ou on se fait les ongles. L'été dernier, Rosie était tellement relax qu'elle a commencé à se mettre de la crème sur les jambes pendant le cours. Il faisait très chaud et plus personne ne mettait de collant. Rosie a mis les pieds sur son bureau et elle a sorti son tube de crème hydratante. Même Mlle Wilson s'en est aperçue.

– Vous feriez bien de secouer vos puces, Rosie, et de bien les secouer si j'étais vous !

Hilarité générale.

Bref, cet après-midi, pour une raison qui m'échappe totalement, Mlle Wilson s'est mise à nous parler d'hygiène intime. Je vous jure que je ne sais pas comment elle a fait pour trouver un lien entre l'éducation religieuse et l'hygiène intime. Si ça se trouve, dans l'Antiquité il y a des Hébreux qui ont chassé de leur royaume un lépreux malodorant. Va savoir.

Toujours est-il qu'à un moment donné, on l'entend dire :

– Eh oui, mesdemoiselles, je sais ce que cette personne a ressenti car moi aussi lorsque j'étais jeune, j'avais un problème d'odeur corporelle. D'ailleurs, les gens m'évitaient. Je ne me lavais pas. J'étais orpheline et en grande dépression...

On fixait nos bureaux l'air hagard et elle, elle délirait sur son odeur corporelle... c'était MONSTRUEUX ! Je n'ai jamais été aussi contente d'aller en gym.

On s'est toutes précipitées dans les douches en hurlant pour se récurer jusqu'à l'os. Mlle Stamp n'en croyait pas ses yeux. Elle qui est toujours obligée en hiver de nous aboyer dessus pour arriver à nous faire mettre en tenue. Quand on l'a vue l'air ébahi, on s'est soudain rappelé qu'elle était lesbienne et on a giclé de là vite fait.

Ce lycée est un vrai repaire de perverses, ma parole ! On serait plus tranquilles dans une maison de redressement.

20 h 00 Jas est venue dormir à la maison. On doit discuter d'un plan pour la soirée dansante.

21 h 00 On était à la fenêtre en train de scruter la chambre du Père Porte-à-Côté pour savoir ce qu'il met pour dormir (Jas parie pour le pyjama, moi pour la chemise de nuit courte), quand on a vu Mark (le type du 5 novembre) remonter la rue avec une fille. Et voilà qu'ils s'arrêtent sous un lampadaire. J'avais beau écarquiller les yeux, je n'arrivais pas à voir à quoi ressemblait la fille et pourtant elle était en pleine lumière. Faut dire que Mark était en train de l'embrasser. Ils s'étaient mis pile poil sous l'ampoule. Discret, non ? On était tellement fascinées qu'on s'est mises debout sur le rebord de la fenêtre pour mieux voir. Il n'y avait pas beaucoup de place mais le point de vue était idéal. Puis j'ai entendu des petits pas derrière moi. C'était Libby qui arrivait avec son doudou (un vieux soutif de maman dont elle ne se sépare jamais. Il est possible qu'en des temps très reculés, il ait été blanc mais aujourd'hui il affiche un vieux gris douteux).

Libby m'a montré la fenêtre.

– Libby voir !

– Non, Libby, c'est pas possible, d'ailleurs je descends.

Mais elle a insisté en me tapant dessus avec son doudou :

– Non, Georgie méchante… Libby voir.

Total, je l'ai hissée sur le rebord de la fenêtre. Faut voir les choses en face, d'une main je suis tyrannisée par une petite fille de trois ans et de l'autre par un chat sauvage écossais.

Elle s'est glissée entre nous, puis elle a aperçu les deux en bas sous le lampadaire.

– Oh ! Regarde ! Garçonfille, garçonfille ! ! ! Haha hahaha !

Effectivement Libby avait raison. Difficile de dire avec précision où finissait Mark et où commençait la fille. L'énigme a été résolue lorsqu'ils ont fini par se décoller et que j'ai vu Mark lever les yeux directement vers ma fenêtre. Je ne savais pas s'il pouvait nous voir puisqu'on était dans le noir mais on n'a pas attendu confirmation. On a giclé de la fenêtre tellement vite qu'on est tombées sur mon lit, à la grande joie de Libby qui voulait remettre ça immédiatement.

– Encore tomber ! Encore !

Mon Dieu, faites que Mark ne se soit pas aperçu qu'on l'espionnait.

Mercredi 2 décembre

8 h 30 On sortait de la maison en courant quand on a failli buter contre Mark qui était posté au coin de la rue. Jas (super copine) m'a plantée là en prétendant qu'il fallait qu'elle passe d'abord chez elle avant d'aller au collège. J'ai piqué un fard.

– Tu as un copain ou pas ?

La question m'a laissée sans voix. Quelle est la bonne réponse à cette foutue question, je vous le demande ? Si vous voulez mon avis, la bonne réponse est un... bobard.

– Je sors d'une histoire un peu compliquée et je me laisse un peu de temps avant d'entamer autre chose.

Il s'est tourné vers moi. Sans blague, il a la plus grosse bouche que j'ai jamais vue.

– Alors, c'est non, t'en as pas ?

Je suis restée les bras ballants et là, un truc incroyable s'est produit... Mark a touché mon sein ! ! ! ! ! N'allez pas vous imaginer qu'il a arraché mon chemisier, non, il a juste posé sa main sur le devant de mon sein. A peine une seconde. Et hop, il est parti pour son lycée.

12 h 30 Est-ce que quelqu'un peut me dire ce que ça signifie quand un garçon pose sa main sur votre sein ? Dois-je comprendre qu'il avait le bâton ou bien que sa main avait seulement besoin de repos ?

16 h 30 Je me demande même pourquoi je me pose ces questions. Dieu merci, pas trace de Mark (l'agresseur de sein) sur le chemin du retour.

16 h 45 Tout de même, on est en droit de penser qu'un garçon qui pose la main sur votre sein pourrait manifester l'envie de vous revoir.

17 h 00 Dans ma chambre en train de « faire mes devoirs » quand on sonne à la porte. Je pose mon magazine et je vais ouvrir. C'est Mark.

– J'ai largué Ella. Est-ce que tu veux venir au concert des Stiff Dylans avec moi ?

– Heu... ben... oui... merci, c'est sympa.

– Okay. A plus.

18 h 00 Au téléphone avec Jas, je lui raconte Mark.

– Alors, je lui fais : « ben... oui... » et lui il me fait : « OK. A plus. »

Et là Jas me pose la question cruciale :

– Mais qu'est-ce qu'il a voulu dire par « à plus » ?

– Je sais pas, moi. D'ailleurs qui a la réponse à cette question ? C'est peut-être « à plus » ce soir, ou « à plus » au concert, ou est-ce que je sais, moi ?

– Au fait, il te plaît ?

J'ai réfléchi à la question deux secondes.

– J'en sais absolument rien. J'ai l'impression d'être un cobra avec lui. Tu sais, le genre toute bizarre qui se tétanise quand le type joue du clairon.

– Qu'est-ce que tu me racontes ? Me dis pas que tu ondules de la tête quand il joue de son instrument ?

– Commence pas, Jas. Et toi, qu'est-ce que tu en penses ?

– Il a une très grosse bouche.

– Oui, je sais.

– Mais si tu vas par là, toi aussi.

minuit Oh-oh ! Que faire ? Pourquoi la vie est-elle si compliquée ? Est-ce que Mark me plaît ? Pourquoi est-ce que je lui ai dit oui ? Pourquoi est-ce que Robbie ne se rend pas compte que Lindsay n'est qu'une cruche ? Ohhhhhhhhhhhhh ! *Quelque dommage !!!!* Merde. Bouh.

Lundi 7 décembre

17 h 00 Mark m'a envoyé un petit mot. Touchante attention s'il n'écrivait pas comme un pied : *Chère Georgia. Suis à l'entraînement jusqu'à samedi. Retrouve-moi à 8 heures samedi à la grande horloge. Mark.*

Ainsi, c'est donc cela, je n'ai pas le choix. Me voilà obligée de sortir avec lui.

21 h 00 Maman est venue me demander de descendre au salon parce qu'ils veulent me parler. J'espère que l'objet de la discussion n'a rien à voir avec l'hygiène intime ou avec ses problèmes avec papa. D'ailleurs, il a l'air un peu inquiet, papa. Sa nouvelle moustache est totalement ridicule. On dirait un petit animal velu qui fait la sieste sur sa lèvre supérieure. Ça y est, c'est parti :

– Écoute, Georgie, tu es une jeune femme maintenant (qu'est-ce que j'étais avant ? un cheval ?) et je ne veux pas qu'il y ait de secrets dans cette maison (Tu as tout faux, Vati. Tu ne sauras jamais rien de l'épisode main sur le sein de ta fille même si l'enfer devait geler.) Voilà, comme j'ai du mal à trouver du travail ici, j'ai décidé de partir à Auckland juste après Noël. Je resterai là-bas un mois ou deux pour voir à quoi ça ressemble et essayer un nouveau boulot. Quand je serai bien installé, ta maman, Libby et toi, vous pourrez venir voir si ça vous plaît.

– Je sais ce que j'en pense de la Nouvelle-Zélande. J'ai vu à quoi ça ressemblait dans *Les Voisins*.

Maman :

– Mais non, Georgia, *Les Voisins* se passe en Australie.

Non, mais faut qu'on me précise tout de suite, crise familiale ou interro de géo ? J'ai fait preuve d'un calme olympien.

– En ce qui me concerne, Mutti et Vati, je trouve la Nouvelle-Zélande beaucoup trop loin d'ici. En plus, c'est pas mon pays et toutes mes copines habitent ici. Ou si vous préférez : j'aimerais mieux être adoptée par Mme Porte-à-Côté plutôt que de mettre le pied sur le sol de Nouvelle-Zélande.

La discussion a duré des heures. Libby a fini par descendre et elle s'est mise de la partie. Angus avait son pyjama sur le dos. Elle lui avait mis un bonnet sur la tête et il avait une tétine dans le bec. Je ne sais comment elle avait réussi ce prodige. Moi, si jamais je m'approche de ce chat avec un bonnet, il m'arrache la main.

minuit Ainsi donc Vati s'en va en Nouvelle-Zélande. Mais tout ça ne me dit pas comment je vais m'habiller pour le concert des Stiff Dylans.

Vendredi 11 décembre

14 h 50 La fièvre de Noël s'est emparée de tout le collège. En cours de physique, on s'était toutes mis sur la tête des bois de cerf passés à la bombe argentée. Herr Kamyer a essayé de se joindre à l'allégresse générale en chantant : « Oh, *ja*, mon beau sapin, roi des forêts. » C'est vraiment consternant. Quelqu'un peut me dire pourquoi ses pantalons sont aussi courts ? Herr Kamyer exhibe des hectares de cheville pâle et velue entre le bas de son pantalon et ses chaussettes écossaises. (Non vous n'avez pas rêvé, j'ai bien dit : chaussettes écossaises. Si c'était lamentable, ça irait encore mais c'est plus lamentable que lamentable.)

20 h 00 Mutti et Vati sont anormalement calmes et prévenants l'un envers l'autre. Tout à l'heure dans la cuisine, j'ai surpris papa en train de prendre maman dans ses bras pendant que Libby chantait : « Mon beau lapin, roi des tarés. » Il avait une sorte d'humidité autour de l'œil. Un peu plus, j'ai cru qu'il allait pleurer. Mon Dieu mais quelle horreur ! Ensuite, il a serré Libby très fort dans ses bras. Ça ne lui a pas plu du tout à la petite sœur. Elle s'est mise à hurler : « Vilain, papa, vilain », en lui fourrant gravement son doigt dans l'œil. Ce coup-ci, il pleurait pour de bon.

Samedi 12 décembre

Les Stiff Dylans !

7 h 00 Triple merde, je n'avais pas l'intention de me réveiller si tôt. Tant pis, comme ça j'aurai le temps de me préparer pour ce soir. Immédiatement, j'ai pensé qu'il fallait que j'en profite pour faire mon yoga. Jusqu'ici, j'ai jamais réussi à le caser dans mon emploi du temps surchargé.

7h20 Maintenant je sais pourquoi le yoga ne fait pas partie de mes priorités. Parce que c'est trop dur. Voilà pourquoi. Quand je me suis mise en posture du chien, j'ai cru que je n'arriverais plus jamais à me relever. J'ai été obligée de m'allonger un moment avec un livre à haute tenue spirituelle pour pouvoir me détendre.

7h40 Ne comptez pas sur moi pour relire *Le Livre tibétain de la vie et de la mort.* Pas question de devenir bouddhiste si c'est pour me réincarner en phasme.

7h50 Lait au café et toasts. Miam miam miam. Maman a acheté le nouveau *Cosmo.*

8h10 Retour au lit avec le *Cosmo.* Voyons voir. « Ce que disent les hommes et ce que cela signifie en réalité. »

9h30 Si un garçon vous dit « à plus », ça peut vouloir dire deux choses. Soit : « tu peux dégager maintenant. C'était super avec toi mais je ne suis pas prêt à m'engager », soit : « à plus. »

9h40 Plus tard, je pense que je serai journaliste à *Cosmo.* C'est clair que pour ce boulot, un QI négatif est chaudement recommandé. Note que pour être mec c'est pareil. J'ai le choix donc.

10 h 00 J'ai décidé de mettre ma robe courte noire moulante. Jas m'a déjà appelée cinq fois et chaque fois pour m'annoncer une tenue différente.

13 h 00 Rosie a demandé à l'étudiant étranger qui fait un séjour linguistique chez des voisins de l'accompagner au concert des Stiff Dylans.

– Tu crois que c'est une bonne idée ?

– Il s'appelle Sven.

– C'est bien ce que je te disais.

Elle prétend qu'il est « poilant », je me demande bien ce qu'elle entend par là.

– Il ne parle pas un mot d'anglais, mais il est très grand.

– Il vient d'où ?

– Je sais pas. Peut-être du Danemark, il est blond.

Elle a réussi à lui faire comprendre qu'elle l'invitait à une soirée dansante en pointant un doigt sur lui, puis sur elle, tout en se trémoussant en même temps. Rosie est dingue. On a décidé de passer chez Boots parce qu'on était juste en parfum pour ce soir. On fera comme si on voulait en acheter pour pouvoir s'asperger avec les échantillons.

16 h 30 Retour à la maison, inondée de Palomo. J'espère que ça va se dissiper un peu parce que pour le moment, ça me pique les yeux grave. J'ai acheté un nouveau brillant à lèvres qui fait soi-disant la bouche pulpeuse. Je ne suis pas sûre que dans mon cas, ce soit une excellente idée, surtout si je sors avec Mark. Je me demande si la théorie des seins s'applique aux lèvres ? En clair, est-ce que si on fait un usage intensif de ses lèvres, ça les fait pousser ?

17 h 00 Si la réponse est oui, je me demande bien ce que Mark a pu faire avec les siennes pour avoir un machin pareil ? Est-ce que je dois le laisser m'embrasser ? Que signifie sa main sur mon sein ? Est-ce que j'ai envie de l'avoir comme petit ami ? Je ne suis pas sûre qu'au rayon intelligence, il figure au livre des records mais si jamais il devient footballeur vedette comme Beckham et que je l'épouse, j'aurai une vie top luxueuse.

17 h 10 Mais dans ce cas-là, j'aurai ma bobine dans tous les journaux. Donc faudra que je me fasse refaire le nez. En attendant, j'aurais intérêt à faire méga attention quand je souris… Et une supposition que j'oublie et que les paparazzi me surprennent le nez en pleine expansion… et que ça paraisse dans le *Daily Express* ?

17 h 15 Il faut que je renonce à ce mariage, la pression est trop forte. Ça ne va pas. D'une main, je perds tout respect pour moi-même et de l'autre il n'y en a que pour lui. Ce soir, je lui dis que tout est fini entre nous.

18 h 00 Je suis un peu beurk. Si cette mèche rebelle ne m'obéit pas IMMÉDIATEMENT, je la coupe. Ah, j'oubliais mes genoux cagneux. Si ça se trouve quand j'aurai épousé Mark je pourrai me faire injecter de la graisse dedans (graisse qu'on aurait selon toute vraisemblance retirée de mon nez. Deux opérations en une. Un nez plus fin et des genoux plus gros, le tout par le truchement d'une énorme seringue hypodermique extracteuse de graisse… beuh… je crois que je ne vais pas tarder à dégobiller).

19 h 30 J'aurais dû y aller avec ma bande. Parce que là maintenant, si j'y vais avec Mark, tout le monde va penser que je suis sa petite amie.

minuit Je ne peux pas CROIRE que cela soit ma vie. Si on peut encore appeler ça une vie... Quand je repense à ce qui s'est passé ce soir, la seule chose dont j'aie envie c'est de rester au fond de mon lit jusqu'à la fin de mes jours.

Mark m'attendait à la grande horloge en fumant une clope. Finalement, il n'était pas si mal que ça. Quand je suis arrivée, il s'est jeté sur moi et il m'a embrassée en plein sur la bouche, direct. Je ne vous dis pas ma surprise et aussi mon inquiétude à l'idée que la main se faufile à nouveau jusqu'au sein pour piquer un petit somme. Dieu merci, non.

Mark n'est pas du genre causant. Après le baiser, il m'a pris la main et on est partis. Je ne vous raconte pas le couple ! Comme je suis beaucoup plus grande que lui, j'ai été obligée de marcher en me penchant méchamment de son côté, style Quasimodo.

Dès qu'on est entrés dans la salle, Mark m'a laissée pour aller dire bonjour à ses potes. Le Sven de Rosie est un GÉANT de deux mètres cinquante avec les cheveux en brosse. Jas était toute pâle avec l'air super éthéré.

– Je me suis fait le look top model anorexique pour faire croire à Tom que j'ai fait la fête toute la nuit et que je ne sais même plus comment il s'appelle.

La salle était bondée, les garçons d'un côté, les filles de l'autre. Jas était en train de me demander pourquoi je n'allais pas faire la conversation à mon petit ami quand Tom et Robbie ont fait leur entrée. Ils nous ont vues tout de suite. Robbie a croisé mon regard et il m'a souri... J'avais oublié à quel point il était canon. Grand, beau, brun, carré. Ooooooohhhhhh ! J'ai souri à mon tour avec un vrai sourire car, bien sûr, j'avais totalement oublié le problème nez. Puis Lindsay, qui se trouvait juste derrière moi, a traversé la salle pour le rejoindre. C'était à elle qu'il souriait ! ! ! ! J'ai piqué un tel fard qu'on aurait pu me faire cuire un œuf sur la figure. Robbie a embrassé Lindsay sur la joue. Elle s'était fait un chignon, la nouille, elle était toutes oreilles dehors. Beurk !

Robbie est monté sur scène et Tom est resté en plan parce que cette grosse mollassonne de Lindsay tchatchait avec ses copines. Jas m'a fait :

– Tu crois que je devrais aller lui parler ?

– Un peu de fierté, ma vieille ! N'oublie jamais qu'il t'a préféré ses légumes.

Au moment où je disais ça, une brune est sortie des cabinets et elle a foncé sur Tom. Ils sont repartis bras dessus bras dessous.

Le pire restait à venir.

Quand les Stiff Dylans ont commencé à jouer, Mark m'a prise par la main pour m'entraîner sur la piste. Trop dommage, sa ressemblance avec Mick Jagger ne s'arrêtait pas à la bouche. Il dansait comme un dément en se tortillant, les mains sur les hanches. J'ai cru mourir. Puis Sven nous a rejoints avec Rosie. Lui, question style, faudrait plutôt chercher du côté des Cosaques. C'est le genre qui s'accroupit à tout bout de champ en balançant violemment les jambes de droite et de gauche. A un moment, il a même soulevé Rosie au-dessus de sa tête en la faisant tourner comme une toupie. Il poussait des « Oh *ja*, oh *ja* » pendant qu'elle tentait désespérément de cacher sa culotte.

Et là, j'ai craqué. C'était trop. On est parties d'un fou rire de hyène avec les autres. J'ai foncé aux toilettes pour essayer de me calmer. Je venais juste de cesser de hoqueter quand quelqu'un a ouvert la porte et j'ai entraperçu Sven en pleine exhibition. C'était reparti pour un tour.

Après ça, Mark a voulu qu'on danse un slow. Quand j'ai vu avec quelle vigueur il me plaquait contre lui, j'ai tout de suite pigé qu'il s'agissait d'un slow. Il était tout en bosse, si vous voyez ce que je veux dire et il m'a collé sa bouche dans le cou. C'était encore plus dur de danser avec lui que de lui tenir la main. Une vraie cascade ! J'ai été obligée de plier les genoux pour pouvoir « m'encastrer ». Soudain, je me suis rendu compte que je fixais Robbie. Il était trop craquant. *Oh foutu sacré bleu !* C'est clair, je le hais et il s'y croit vachement trop, mais je me demande si je ne suis pas amoureuse de lui.

Ensuite, le groupe s'est arrêté de jouer pour faire une pause. Mais Mark et ses copains se sont mis à hurler : « Une autre ! Une autre ! » en se précipitant sur la scène. Mark a arraché le micro des mains de Robbie et il a commencé à chanter un truc qui aurait pu ressembler à *Jumping Jack Flash*. Et là, Robbie lui a mis la main sur l'épaule et une giga bagarre a éclaté. La bande de costauds de Mark s'est jetée sur le groupe et les autres ont fait pareil. Les filles hurlaient comme des sirènes.

Au moment où Sven balançait deux mecs dans la rue en même temps, on a décidé de filer.

Conclusion. Une soirée de rêve. Je suis déjà au lit. Mon « petit copain » est un hooligan. Le précédent était un bulot. Le garçon que j'aime me déteste. Il préfère une nouille maigrichonne à oreilles décollées...

P-S : Mon soi-disant « chat » m'a craché dessus alors que je suis rentrée quasi en larmes.

P P-S : J'ai retrouvé la couche usagée préférée de Libby dans le fond de mon lit.

17 h 00 Dieu merci, pas vu Mark ! J'ai passé ma journée à lire. Papa et maman sortent ce soir. Voilà qu'ils ont brusquement envie de faire des choses ensemble. Vous n'allez pas me dire que c'est naturel ça ! Bref, c'est moi qui garde Libby. De toute façon, je m'en fiche parce que je n'ai plus jamais l'intention de sortir.

18 h 00 Pour me remonter le moral, Libby m'a imité Angus. Elle a commencé par se coucher dans son panier, ensuite elle a grogné cachée derrière les rideaux et elle allait s'attaquer à sa gamelle, mais j'ai mis un terme à sa prestation.

18 h 15 Coup de fil de Jas :

– J'aurai plus jamais de petit copain. Si ça se trouve, je vais même finir vétérinaire.

18 h 20 Re-coup de fil de Jas :

– Est-ce que je suis moche à ce point-là ?

18 h 30 Coup de fil de Rosie :

– J'ai réussi à embarquer Sven avant l'arrivée de la police. Il m'a donné une branche de houx.

– Pourquoi ça ?

– Je sais pas, c'est peut-être une tradition danoise.

19 h 15 Coup de fil de Jools :

– Quelqu'un m'a dit que Lindsay portait une bague de fiançailles au collège.

20 h 00 Et le pompon, le voilà. On a sonné à la porte. J'ai demandé à Libby de ne pas faire de bruit et on a fait comme s'il n'y avait personne. Même pas laissé un mot.

Marre, cafard, faim

21 h 00 Marre, cafard, beurk.
Je me suis tapé :
- 2 Mars,
- des toasts,
- du lait au café,
- du jus de pomme
- du Coca,
- re-toasts,
- des corn flakes et
- du roulé à la confiture.

22 h 00 Je me couche. J'espère que je ne me réveillerai jamais.

Lundi 14 décembre

8 h 30 Failli tomber sur Mark en allant au collège. Dieu merci, je l'ai évité de justesse.

9 h 45 La Mère Fil-de-Fer était dans tous ses états à cause de la soirée dansante. Ça tremblotait sévère.

– Je souhaite de tout mon cœur qu'aucune de mes filles n'ait été mêlée de près ou de loin aux hooligans qui se sont conduits comme des animaux à cette soirée dansante...

C'est ce moment-là que Rosie a choisi pour me faire le hamster, les dents du haut rabattues sur la lèvre inférieure. Va savoir pourquoi ça m'a fait mourir de rire. J'ai fait celle qui avait une quinte de toux pour pouvoir pouffer derrière mon mouchoir.

Jas était absente. Je me demande où elle était. Peut-être que « les Anglais avaient débarqué », si vous voyez ce que je veux dire. Rosie n'arrêtait pas avec son Sven. Et Sven ceci et Sven cela. Ça a fini par me taper sur le système.

– C'est ton copain ou quoi ?

Léger fard de Rosie.

– Écoute, non, je crois pas qu'on sorte ensemble ni rien. Il m'a juste donné une branche de houx.

Mais comme je lui ai fait remarquer, si ça se trouve au Danemark ça veut dire plein de trucs.

Oh merde et triple merde, Jackie et Alison, les sœurs La Galère, sont de retour avec une vengeance. Elle nous ont fait passer un mot disant qu'on était convoquées jeudi prochain à l'heure du déjeuner à côté de la cantine pour « le top du top ».

16 h 30 J'avais un mot de Mark quand je suis rentrée :

Georgia, je te cherche partout depuis samedi. Retrouve-moi à 10 heures ce soir à la cabine téléphonique. Mark.

21 h 50 Autant y aller. De toute façon, je finirai par tomber sur lui un jour ou l'autre.

J'ai hurlé à M. et P. (ENCORE fourrés ensemble) :

– Je sors Angus.

Papa :

– Arrange-toi pour qu'il n'approche pas du caniche !

J'ai tiré comme une dingue sur la laisse du monstre pour l'empêcher de filer chez les voisins. C'est une vraie fixette chez ce chat, il faut qu'il se fasse ce foutu caniche. En ce moment, il mange presque quatre boîtes par jour. Maman dit que s'il continue à grossir, elle le donnera à un zoo. Comme si un zoo pouvait vouloir d'Angus.

22 h 00 Mark fume une clope à côté de la cabine. Il ne m'a pas vue arriver. Rien de surprenant à ça, Angus m'a envoyée valdinguer derrière une haie en courant après un chat. J'ai attaché le monstre à un portail, puis j'ai observé Mark, planquée derrière ma haie. Est-ce que vous voyez ce genre de moment dans la vie où on sait exactement ce qu'on a à faire ? Vous ne voyez pas, moi non plus… Bref, j'ai cogité un peu et je me suis dit qu'il fallait que je sois réglo avec Mark. Je n'avais pas été très honnête avec lui. Voilà ce que j'allais lui dire : « Écoute, Mark, tu me plais beaucoup et je te jure que c'est pas ta faute. Tout vient de moi, je t'assure. Mais je pense que je ne suis pas celle qui pourra te rendre heureux. Nous sommes trop différents. Il vaut mieux arrêter tout de suite avant que quelqu'un souffre. »

Donc, j'y suis allée. Mark était à demi dans la pénombre. En me voyant arriver, il a jeté sa cigarette. J'ai ouvert la bouche pour lui faire mon speech et pan, le voilà qui se jette dessus ! Et si j'avais été en train de sucer un Polo Mint, hein ? J'aurais pu m'étrangler, moi ! ! ! Puis, à mon grand étonnement, sa langue s'est introduite dans ma bouche une première fois… Puis une seconde. Et là qu'est-ce que je sentais ? Ni plus ni moins qu'une main sur mon sein ! Question sein, j'étais total larguée. Je n'avais pas les bases. Mes bras pendaient lamentablement le long de mon corps tel un orang-outang quand je me suis souvenue à temps des conseils du bulot à propos de l'usage des mains. Je me suis dépêchée de les poser sur sa taille. Mark en avait une sur mon sein et l'autre sur ma fesse. Pile au moment où je me demandais ce qu'il allait se passer ensuite au rayon main, il a mis fin au baiser.

Était-ce vraiment le moment de lui annoncer que je le larguais ?

J'en étais là de mes réflexions quand il m'a sorti :

– Écoute, Georgia, ça n'a rien de personnel ou quoi, mais euh… je pense que tu es trop jeune pour moi. Je retourne avec Ella parce qu'elle me laisse lui faire des trucs. Scuse. A plus.

minuit A plus ? ? ? Mark a eu le culot de me jeter pile au moment où j'allais le faire ! Plus question que je sorte de ce lit. Jamais. « Ella me laisse lui faire des trucs »… Quels trucs ? Les deux mains en même temps sur le même sein ?

Mardi 15 décembre

8 h 10 J'ai annoncé à maman que je n'irai pas à l'école ou plutôt que je ne sortirai plus jamais de mon lit.

– Et pourquoi ça ?

Je ne sais ce qui m'a pris mais je lui ai tout raconté.

– Je me suis fait larguer par un type qui me plaît même pas. Et en plus, c'est moi qui devais le larguer, mais il ne m'a même pas laissé le temps de le faire.

Maman s'est assise au bord de mon lit.

– C'est vrai que c'est très désagréable, ma chérie. Mais essaye de voir les choses autrement. Finalement, tu as obtenu ce que tu voulais, non ? Tu es à nouveau libre. Et en plus tu as dix livres à dépenser.

J'ai continué à ronchonner :

– Ouais, j'aimerais bien t'y voir, toi. Tu te rends pas compte à quel point je suis sensible. Je souffre atrocement. Il me faudra des années pour me remettre... J'ai rêvé ou tu as dis quelque chose à propos de dix livres ?

Ma tante Kath tombait à pic avec son cadeau d'anniversaire en retard...

Vive les tantes givrées ! ! ! !

15 h 30 Aujourd'hui, je n'ai même pas pris la peine de me maquiller. Je m'en fiche complètement, je n'ai plus la moindre intention de plaire aux garçons. Terminé les « à plus » pour moi. A partir d'aujourd'hui, je prends mon temps pour grandir et je me concentre à mort sur mes études pour décrocher un super boulot quand je serai grande, etc.

16 h 18 Nom de Dieu de nom de Dieu ! ! ! ! Robbie était à la grille... sûrement à attendre sa fiancée. J'ai fait comme si je ne l'avais pas vu. Mais il m'a lancé :

– Sont charmants tes copains.

Là évidemment, obligée de marquer le coup. J'étais super blême. J'ai cherché un truc méga intelligent à lui dire qui soit en même temps blessant et plein d'esprit. Quelque chose qui lui fasse comprendre que j'étais un être délicat.

– Je crois que tu me confonds avec quelqu'un qui s'intéresserait à ce que tu dis.

Et hop, je l'ai planté là.

17 h 30 Yesssssssssssssss ! ! ! ! ! ! ! Ha ! ! ! ! ! Trois fois ha et un yes ! ! ! ! ! Double ha avec trait d'union ! ! ! !

22 h 00 Vati m'a montré sur l'atlas où il allait. D'après le bouquin, c'est la zone qui a l'activité géothermique la plus violente du globe. Tremblements de terre, volcans, coulées de lave, geysers, rivières d'eau bouillante et autres joyeusetés. On peut légitimement s'interroger sur sa santé psychique (ce ne serait pas la première fois d'ailleurs). Quand je pense que même ici, mon Vati n'est pas du genre à s'aventurer dehors... Faut dire qu'un rien l'épuise : se lever de son fauteuil, tripoter sa moustache, etc. Ça va finir dans les larmes tout ça... les siennes bien sûr. Mutti est littéralement enroulée autour de lui. C'est totalement grotesque. Vous allez voir que je vais me retrouver avec une autre petite sœur, ou bien un petit frère. Beurk ! Je ne veux même pas y penser.

Mercredi 16 décembre

13 h 30 Jas n'est toujours pas revenue au collège. Je passerai la voir après les cours.

16 h 15 Ça ne répond pas chez Jas.

18 h 30 J'ai appelé chez Jas. Sa mère m'a dit qu'elle ne pouvait pas venir répondre au téléphone parce qu'elle se sentait trop mal.

– C'est la grippe ?

– Je ne sais pas. En tout cas, elle ne mange plus.

Elle ne mange plus, Jas. Jas ne mange plus. Là, ça va mal.

– Même pas du roulé à la confiture ?

– Non.

C'est pire que je ne pensais.

10 h 00 Toujours pas de Jas. Ça devient ridicule cette histoire.

13 h 30 « Le top du top » de Jackie et Alison était un truc tellement dingue qu'il n'est même pas répertorié dans le catalogue des trucs dingues. Elles nous ont fait marcher jusqu'aux courts de tennis dans un froid de gueux... Étonnant que Jackie ait su où ils se trouvaient d'ailleurs ! Ça devait être la première fois qu'elle les voyait. Une fois là-bas, Jackie nous a expliqué le topo.

– Voilà ce que vous devez faire : preme, vous vous accroupissez comme je le fais là. Deuxe, vous vous mettez à haleter comme des petits chiens. Troise, vous vous relevez et quatre, vous partez en courant droit devant vous.

– Et pourquoi ? je lui fais.

Elle a allumé une clope en me lançant un regard super mauvais. Vulgaire, vous avez dit vulgaire ? Elle avait un bouton énorme sur le menton, ça lui faisait comme un deuxième pif. Ça ne m'étonne pas que sa peau soit aussi immonde. Si ça se trouve, elle la tartine de fond de teint depuis qu'elle a cinq ans.

Elle m'a soufflé la fumée de sa clope en pleine figure avant de me sortir :

– Quand tu cours, ça te fait t'évanouir.

Même Rosie, qui d'habitude n'ose pas dire grand-chose à Jackie, a répété incrédule :

– Ça te fait t'évanouir ?

Jackie tirait sur sa clope avec l'air d'avoir affaire à des nanas atrocement demeurées, mais elle n'a pas répondu. Du coup Rosie a insisté :

– Et alors ?

Et là Jackie a pété les plombs.

– Écoute, la bigleuse, réfléchis deux secondes à l'intérêt de t'évanouir quand tu veux... Au rassemblement, tu t'évanouis, hop on t'emmène. En physique, tu as pas fait tes devoirs, tu t'évanouis, hop on t'emmène... A la gym... Pour tout.

Rosie qui est carrément stupide a continué :

– Et tu crois que personne ne remarquera rien si on s'accroupit au rassemblement ou en cours de physique, et qu'on se met à haleter frénétiquement avant de partir en courant ?

Jackie a foncé sur Rosie. Et elle est plutôt du genre balèze avec des seins en béton et des bras énormes.

23 h 00 Je me sens encore toute bizarre. Je ne veux plus jamais faire les trucs que Jackie et Alison nous demandent de faire. Point final. Ce machin imbécile de l'évanouissement est la goutte d'eau qui fait déborder le vase. Point, j'ai dit. J'ai fait le halètement de chien, je me suis relevée et je suis partie en courant et je me suis sentie très faible. Mais pas autant que quand je me suis tamponnée dans M. Attwood au moment où il sortait de sa cabane. Si ça se trouve, j'ai une fracture du tibia. Elvis est sorti indemne de la collision. Malheureusement.

Vendredi 18 décembre

19 h 30 Ça fait une semaine que Jas n'est pas venue au collège. Je me fais du souci. Elle refuse de me parler au téléphone même quand je me fais passer pour le Père Noël.

10 h 00 Joyeux Noël tout le monde ! ! ! !

Les réjouissances ont commencé à 5h15 ce matin quand Libby est venue m'apporter mon cadeau. Une chose en pâte à modeler couverte de particules marron très suspectes qu'elle a fourrée dans mon lit avec ce commentaire :

« Bébé trouduc… ahhh ! »

La famille étant à court d'argent, dixit Vati (à mon avis, s'il était capable de garder un emploi, on n'en serait pas là mais je n'ai rien dit pour ne pas gâcher la fête), nous ne pouvions espérer Libby et moi de cadeaux coûteux. Papa et maman m'ont offert des CD, du maquillage, des guêtres, des baskets, des dessous et du parfum. Et moi, j'ai fabriqué à papa un ravissant porte-moustache qu'il va adorer.

Maman, je lui ai confectionné des produits de beauté maison à base de jaune d'œuf additionné de plein d'autres trucs. Elle a tout de suite essayé le masque et ça lui a filé des plaques rouges sur toute la figure. Mais globalement, elle avait meilleure mine.

Libby, je lui ai fait un costume de fée. Erreur tragique. Elle a passé le reste de la journée à nous changer en tout un tas de choses à grands coups de baguette magique. En ce qui me concerne, j'ai fait le « gentil petit cochon » au moins une heure. Ne me parlez plus jamais de saucisse.

Jas m'a appelée mais elle refuse de s'aventurer dehors. Donc pas d'échappatoire au « joyeux Noël » en famille.

Angus était chou avec sa couronne en guirlande sur la tête mais au bout d'un moment elle a fini par l'agacer et il l'a boulottée. Pour son déjeuner, maman lui avait fabriqué une souris en pâtée pour chat qu'elle avait mise dans sa gamelle. Il a commencé par manger la tête et ensuite, il s'est assis sur le reste. Dieu seul sait ce qui se passe dans son cerveau de chat.

Si ça se trouve, l'an prochain, j'aurai viré New Age. J'abandonnerai ma famille pour aller célébrer le solstice d'hiver à Stonehenge en dansant avec des druides. Je ne vois pas en quoi ça pourrait être plus ennuyeux que de regarder papa essayer sa nouvelle brosse à dents électrique. Je dois dire quand même qu'il y a eu un grand moment quand la brosse s'est emberlificotée dans sa moustache.

Samedi 26 décembre

midi *Quelque dommage !* Très égoïstement M. et P. m'ont demandé de garder Libby pour qu'ils puissent « sortir une dernière fois ensemble ». Papa part pour Whangamata le 29... snif, snif... et pour marquer le coup, il emmène maman... au pub ! Avec oncle Eddie ! ! !

Si j'étais maman, j'aurais simulé un accident ou au besoin j'aurais eu un véritable accident. Une cheville brisée est un prix dérisoire à payer pour éviter *La Danse des canards* interprétée par oncle Eddie.

22 h 30 Papa et maman sont rentrés du pub en se cognant dans tous les meubles et en ricanant comme des demeurés. Ils étaient soûls. Moi, j'étais au lit en train D'ESSAYER de dormir mais visiblement ça leur passait largement au-dessus de la tête. Je les ai entendus danser sur une chanson super cucul. Ils sont lamentables.

Ensuite, ils sont montés en faisant « chut » très fort. Maman a eu un haut-le-cœur en entrant dans la chambre. Libby dormait dans mon lit, tête-bêche, les pieds sur l'oreiller contre ma figure. Elle l'a prise dans ses bras et elle l'a recouchée dans son lit. Puis, horreur ! Malheur ! PAPA M'A PASSÉ LA MAIN DANS LES CHEVEUX. J'ai fait méga semblant de dormir.

Dimanche 27 décembre

11 h 00 M. et P. sont encore au lit. Je vais leur envoyer leur petite dernière leur faire un brin de causette.

14 h 00 Promenade avec Libby. Papa m'a donné cinq livres pour m'occuper d'elle.

Mardi 29 décembre

20 h 00 Vati est parti. Il faut que je vous avoue : j'ai versé trois larmes. Oncle Eddie l'a accompagné à l'aéroport dans son side-car. Quand la moto a démarré, tout le monde a agité la main. Il a dit qu'il appellerait dès qu'il serait arrivé à Whangamata. Le vol dure deux jours, tu parles d'un voyage ! Si ça se trouve, c'est de l'autre côté de la terre. Maman a un cafard d'enfer et elle n'arrête pas de pleurer. Je lui ai offert une boîte de Quality Street pour la consoler mais ça l'a fait sangloter de plus belle. Message reçu cinq sur cinq, je ne suis pas près de renouveler l'expérience. Libby lui a apporté la gamelle d'Angus pour pleurer dedans.

JANVIER

LA CULOTTE EXPLOSIVE

Vendredi 1er janvier

11 h 00 Mes résolutions pour la nouvelle année :

Je serai plus gentille... avec ceux qui le méritent.

Je m'intéresserai à mon avenir.

Je parlerai gentiment à M. et Mme Porte-à-Côté.

Je serai moins superficielle et moins prétentieuse.

Je me polariserai plus sur mes atouts et moins sur mes handicaps.

Exemple : j'arrêterai de bloquer sur mon nez pour me concentrer sur ma denture parfaite.

Samedi 2 janvier

11 h 30 Enfin des nouvelles de Jas ! Elle aurait une mononucléose infectieuse. Prévoir un foulard de protection sur le nez en cas de visite. On ne sait jamais. A ce qu'il paraît, ce serait une maladie qui s'attrape en s'embrassant. Cette histoire de baiser tourne au cauchemar. Soit c'est la main mystérieuse posée sur le sein, soit c'est les ganglions géants. Célibat ou cou de taureau que choisir ? Je me demande si Fil-de-Fer ne tient pas ses énormes pieds d'un abus de bécots dans la zone ? Beurk ! Ça y est, j'ai envie de dégobiller.

Je suis beaucoup trop mal pour aller rendre visite à une malade. Je rentre me coucher.

Non... Jas a besoin de moi. Il faut juste que je m'arrange pour ne pas respirer le même air qu'elle.

16 h 00 Jas a finalement accepté de se montrer. Elle est couchée au fond de son lit, genre toute maigre et toute blanche. Sa chambre est bien rangée, ce qui est mauvais signe, et elle a retourné son miroir contre le mur. Elle n'a même pas ouvert les yeux quand je suis entrée. Je me suis assise au bord du lit.

– Jas, qu'est-ce que tu fous ? Qu'est-ce qui t'arrive ? Allez, raconte à ta meilleure copine.

Silence.

– Allez, Jas. Lance-toi, tu sais bien que tu peux me faire confiance.

Silence

– Je sais ce que tu as. Tu penses que tu n'es pas normale parce que toutes les filles, à part l'abjecte Pamela Green et Kate Super-Velue, la goudou, ont un petit copain ou se sont fait au moins embrasser pour de vrai, c'est ça, hein ?

Silence. Elle commençait à me taper sur les nerfs. J'essayais de l'aider alors que moi aussi j'avais des problèmes si on va par là. J'étais quasi orpheline... et parent suppléant par le fait. Ça n'arrêtait pas. Depuis que papa était parti comme un égoïste de l'autre côté de la terre, j'avais droit à des « Tu peux t'occuper de Libby ? » à tout bout de champ. Comment Jas pouvait-elle savoir ce que c'était que d'avoir des problèmes ? Elle n'avait pas de petite sœur, elle. Elle n'avait jamais vécu en direct l'explosion de la culotte de sa petite sœur en haut du toboggan des bébés à la piscine. Était-ce bien utile de dire à maman que chaque fois que Libby mangeait des haricots, elle avait des problèmes de cucul ? Non. La culotte de Libby n'a pas pu contenir le geyser de caca qui a aspergé la totalité du toboggan et tous les gniards autour. Jas savait-elle ce que c'était que de voir des hordes de bébés secoués de sanglots, tractés hors de la piscine par leur bouée ? Non. Savait-elle ce que c'était que de laver sa petite sœur à grande eau, avant de se choper la honte de sa vie en quittant la piscine sous les regards haineux de toutes les mères, de leur progéniture et des employés au grand complet, masque sur la tronche et brosse à récurer à la main ? Je ne pense pas. J'ai encaissé comme une grande, alors pourquoi ne le pourrait-elle pas ?

Je n'ai rien dit de tout ça à Jas mais j'ai adopté la ligne fermeté.

– Écoute, Jas, qu'est-ce qu'il y a de si dramatique à avoir la mononucléose ?

Elle a parlé tellement doucement qu'il a fallu que je me penche pour l'entendre.

– Je ne suis pas malade. C'est juste que je pense que j'aurai plus jamais de copain. Personne ne m'a invitée à danser. Ma seule chance, c'était Tom et il a préféré ses oignons.

Ah, ah, l'heure était venue de me servir des conseils que j'avais lus dans le bouquin de maman *Transcendez vos peurs*. J'ai décroché le miroir du mur et je lui ai collé sous le nez.

– Regarde dans ce miroir, Jas, et aime la personne que tu vois dedans. Dis : « Je t'aime. »

Elle ne pouvait pas faire autrement que de regarder, je tenais le miroir à trois centimètres de sa figure.

Elle a eu un haut-le-cœur. « Aaaaaaaarghhhhhh-hhhhhhhhh, je suis hideuse ! »

Visiblement, elle ne percutait pas.

– Jas, Jas, aime-toi, aime la beauté qu'il y a en toi. Regarde ce visage adorable, regarde cette bouche adorable. La bouche pour laquelle ta copine t'a mis un huit sur dix. Pense à ça, Jas. Pense à toutes les pauvres filles qui n'ont eu que des six un tiers… alors que toi, tu a eu un huit…

(Dire que j'ai une mémoire d'éléphant pour tous les trucs qui me rendent malade et que dès qu'il s'agit de français, d'histoire, de maths ou de sciences nat, je suis incapable d'imprimer.)

Pas de doute, Jas était en train de reprendre du poil de la bête. Je la voyais étirer sa bouche pour tenter un pauvre sourire.

– Tu penses vraiment que j'ai une jolie bouche ?

– Absolument, mais regarde le reste. Regarde tes yeux, regarde ta jolie peau sans bouton…

Elle s'est redressée.

– Elle est belle ma peau, hein ? Tu veux que je te dise mon truc ? Je bois un verre d'eau chaude avec du citron tous les matins.

Lundi 4 janvier

7 h 00 Je me sentais heureuse en me réveillant mais ce bonheur a été de courte durée. Je me suis vite rappelé que c'était aujourd'hui qu'on retournait chez les dingues (à l'école).

14 h 30 Gym. Angus a mis de côté son quatre-heures dans mon sac à dos. J'ai trouvé des piquants de hérisson dans mon short.

midi Victoire ! Victoire !

Mme Slack n'arrêtait pas de me pomper l'air parce que, soi-disant, je ne faisais aucun effort en français et toc, j'ai eu bon au test à quatre-vingt-cinq pour cent. Hahahahahhah. *Fermez le bouche, madame Slack.* J'ai réussi ce tour de force en apprenant par cœur vingt-cinq mots français avec lesquels j'ai répondu à toutes les questions.

Première question : Quel est votre plat préféré ? Réponse : le lapin.

Deuxième question (c'était la rédac) : A quoi occuperiez-vous une belle journée d'été ? Réponse : A jouer avec un lapin.

Troisième question : Racontez votre livre préféré. Choix de Georgia : *Alice au pays des merveilles.* Ça parle pas mal de lapin là-dedans. Etc.

13 h 00 Fidèle à ma nouvelle résolution qui veut que je me concentre plus sur mes études que sur les garçons, j'ai décidé de faire mon yoga dans la salle de gym à l'heure du déjeuner. L'enchaînement que je fais s'appelle la Salutation au soleil. Ça commence par un étirement, histoire de dire bienvenue au soleil, suivi d'une prosternation style : « Je ne suis qu'un pauvre vermisseau. » Et seulement après, on passe aux postures. D'abord le cobra, puis le chien… C'est très apaisant comme truc. On se sent super légère.

13 h 15 Mlle Stamp est entrée dans la salle pile au moment où j'étais dans la posture du chien.

– Continuez, Georgia. Je suis contente que vous

vous intéressiez au yoga, c'est un excellent exercice pour le corps et une bonne préparation pour le tennis. Vous verrez cet été ! Ne faites pas attention à moi, je ne fais que me préparer pour cet après-midi.

Précision : j'avais la tête en bas et le popotin en l'air. Pas vraiment le genre de position à adopter devant une lesbienne. Je me suis dépêchée d'enchaîner avec le cobra mais c'était pire. On aurait dit que je dardais mes seins vers elle. Il semblerait qu'en plus de la moustache, elle développe un léger début de barbe. Honnêtement, il n'y a pas un endroit dans cette taule où on puisse être tranquille !

13 h 30 J'ai repris mon yoga dehors, et je peux vous dire qu'avec des gants et en manteau, ce n'est pas aisé. J'étais à nouveau dans la posture du chien quand Elvis a déboulé. Ce type est complètement taré. Il s'est mis à beugler :

– Qu'est-ce que vous fabriquez ?

J'ai répondu la tête à l'envers :

– Che fais moan youga.

Il a retiré sa casquette.

– Vous pourriez faire de la physique nucléaire que ce serait pareil, allez faire ça ailleurs. Dégagez avant que je vous signale à la direction.

En partant, je lui ai sorti :

– Eh dites donc, vous saviez qu'Elvis avait cassé sa pipe ?

16 h 30 J'ai croisé Mark en rentrant. J'ai fait preuve d'une grande maturité et je lui ai souri. Lui, il m'a fait : « Ça gaze ? »

18 h 00 Depuis que Vati est parti, maman a complètement perdu la boule. Quand je lui ai demandé si elle voulait bien me payer l'opération qui me permettrait d'avoir un nez aux proportions décentes, elle m'a sorti la vieille rengaine habituelle :

– On a à peine de quoi nourrir Angus.

Comme si ce chat avait besoin d'être nourri de toute façon ! Il ne se passe pas une journée sans que je retrouve un machin en décomposition dans mon placard. Bref, elle n'a pas les moyens d'investir dans le bonheur de sa fille mais apparemment elle a de quoi faire refaire le salon puisqu'elle a convoqué un décorateur pour la semaine prochaine.

21 h 30 Devant la télé avec maman.

– Ton papa te manque, ma chérie ?

– Qui ça ?

Lundi 18 janvier

Sciences nat

14 h 40 Si je veux, je peux faire une très belle imitation du germe du tétanos. Rosie m'a fait passer un mot :

Chère G. Est-ce que tu as vu qu'on avait deux heures d'étude jeudi prochain ? Ça te dirait d'aller faire un tour en ville ? Rrrrrrrrrrrxxxxxxxxxx

16 h 30 Dans la rue avec Jas. Ce coup-ci, je pense qu'elle est sur la voie de la guérison.

– Qu'est-ce que tu penses de mon nouveau brillant à lèvres ? Tu trouves pas que quand je m'en mets, ça me donne un faux air à la Claudia Schiffer ? Je crois qu'on a la même bouche toutes les deux.

Si vous saviez combien je regrette d'avoir lancé

cette thérapie. Après tout, si ça la rend heureuse de rêver sa vie… On est arrivées chez elle. Oh, le bonheur d'une maison normale ! Pas de mère givrée, pas de sœur étrange, pas d'animaux sauvages ! La maman de Jas nous a proposé des sandwichs et du jus de pomme. J'ai un mal fou à imaginer Muti faire ça… Inutile de dire qu'il faudrait déjà qu'elle soit à la maison ! C'est sans doute un excellent modèle… pour toutes celles qui se destinent à la carrière d'administratrice d'hôpital, mais je ne vois pas en quoi ça l'empêche de me faire des sandwichs de temps à autre ?

Une fois dans la chambre de Jas, on a pris nos mensurations avec un mètre de couturière. Je vous donne les miennes : quatre-vingt-un, cinquante-huit, quatre-vingt-un et celles de Jas : soixante-seize, cinquante-huit, quatre-vingt-quatre. Mes jambes sont plus longues que les siennes de cinq centimètres. (Je ne lui ai pas dit mais sur les deux, il y en a une qui a cinq centimètres de plus et l'autre seulement trois centimètres et soixante-quinze millimètres. Comment peut-on choper une claudication à mon âge ? Peut-être est-ce parce que je porte toujours mon sac sur la même épaule que je m'allonge plus d'un côté que de l'autre. Il faut que je note quelque part de ne pas oublier de changer de côté. Pas un garçon ne voudra d'une fille bancale.)

Jeudi 28 janvier

16 h 30 Rosie est sortie la première de la salle d'étude. Mlle Wilson a passé la tête pour « vérifier » si on travaillait bien, mais il a suffi qu'une fille lui demande qui avait inventé Dieu pour qu'elle batte en retraite précipitamment. On était très occupées à dresser la liste des qualités que toutes les filles exigent d'un petit copain : qu'il ait le sens de l'humour, qu'il danse bien, qu'il embrasse bien, qu'il ait un beau sourire, qu'il ne lui manque rien, etc. Rosie a fait passer la sienne mais elle n'avait écrit qu'un seul mot dessus : ÉNORME. Je lui ai tout de suite renvoyé un mot : *Énorme quoi ?* et elle m'a répondu : *Énorme tout.* Re-mot avec : *Tu veux dire, énormes dents ?* et il m'est revenu avec : *Oui.* Je pense qu'elle a été contaminée par la danaïcité de Sven.

Bref, on est toutes sorties à la queue leu leu, Rosie, Jools, Ellen, Jas et moi. On s'est retrouvées dans les toilettes du rez-de-chaussée pour mettre nos boots et nos hauts moulants, et se maquiller, bien sûr. Après avoir vérifié que tout danger était écarté, on s'est précipitées vers la porte de derrière. Puis on est passées sous les fenêtres du labo de sciences en se baissant à mort. C'était Œil-de-Lynx qui faisait cours et cette femme-là est capable de sentir une fille à moins d'un mètre. Dès qu'on a dépassé le bâtiment, on a piqué un sprint jusqu'à l'entrée. En passant derrière la cabane d'Elvis, on l'a entendu faire un gros pet suivi d'un « Oh, pardon ! » J'ai commencé à glousser convulsivement, bientôt suivie par toutes les autres. On était dehors en cinq minutes chrono. Tout l'après-midi, dès qu'il y en avait une qui disait quelque chose, toutes les autres faisaient : « Oh, pardon ! »

C'était super chez Boots. J'ai essayé tous les échantillons. Il y avait ce truc qui ressemble à un crayon et qu'on se passe sur les cheveux. On peut se faire des mèches de couleur avec. J'ai testé tous les coloris mais le plus top, c'est le blond. Je me suis fait un grand trait sur une mèche de devant, ça m'allait hyper bien. Avec Vati à Whangamata, le danger semble écarté. Je vais sûrement arriver à convaincre maman de me laisser me teindre en blonde.

minuit Journée géniale !!! En rentrant, on a chanté *Respect* d'Aretha Franklin avec Jas.

FÉVRIER

JAS DOIT MOURIR

Samedi 6 février

11 h 00 On a sonné à la porte. Maman était en train de changer Libby dans la salle de bains. Croyez-moi, c'est un spectacle peu réjouissant. Le week-end, maman porte ces immondes salopettes dont raffolent les lesbiennes et les animateurs d'émissions pour gosses des années soixante. Libby chantait « Cousin Paul, cousin Paul, dormez-vous... » (sa version personnelle de *Frère Jacques*). Elle était dans une forme éblouissante. Pas maman, qui frisait la crise de nerfs.

– Réponds, Georgia. C'est sûrement Jem, le décorateur que j'ai appelé pour le salon. Fais-le entrer et offre-lui une tasse de café, le temps que j'en finisse avec ça.

Quand j'ai ouvert la porte, j'ai eu une vague impression de blondeur et de jean mais elle a été gravement perturbée par des couinements de goret en provenance du jardin voisin. Mme Porte-à-Côté était en train de s'égosiller : « Attrapez-le ! Attrapez-le ! » en courant comme une damnée armée d'un balai. J'ai pensé qu'Angus avait enfin réglé son compte au caniche, mais en jetant un coup d'œil par-dessus la palissade, je me suis aperçue qu'il n'avait qu'une toute petite chose marron dans la gueule.

Mme Porte-à-Côté m'a hurlé :

– Je vais appeler la police ! Ma nièce nous a confié son cochon d'Inde et ce, ce... cette CHOSE s'en est emparée !

J'ai pris ma voix la plus autoritaire pour apostropher Angus :

– Lâche, Angus, lâche !

Grâce à nos séances de dressage, le monstre a reconnu ma voix et il a laissé tomber le cochon d'Inde. J'allais le ramasser quand le machin marron a tenté de se carapater. Il n'avait pas fait dix centimètres qu'Angus lui plaquait une énorme patte sur le derrière. La bestiole s'est mise à gigoter dans tous les sens. Le chat a poussé un bâillement puissant avant de retirer sa patte et le cochon d'Inde en a profité pour filer comme une fusée. Mais Angus lui collait déjà au train de sa démarche de pachyderme. Le machin marron a pris une bonne baffe qui l'a immobilisé sec et Angus s'est assis dessus en fermant les yeux pour entamer une petite sieste.

– Excusez-le. Il est très agaçant parfois. Il s'amuse, c'est pas bien méchant.

Mais Mme Porte-à-Côté n'était pas accessible à la discussion. J'ai finalement réussi à distraire Angus de son nouveau jouet avec un hareng fumé. Mme P-A-C m'a prévenue qu'elle allait porter plainte. On se demande bien où ? A la brigade antichats, sans doute.

Jem regardait le spectacle du pas de la porte avec un joli petit sourire qui lui faisait des rides sur le côté.

– Il est costaud pour un chat, non ?

J'ai poussé un soupir.

– Entrez. Maman est dans la salle de bains, elle en a pour une minute.

Jem est entré dans le salon et je lui ai préparé un café à la Georgia. Il est plutôt mignon pour un vieux.

Maman est arrivée en courant dans son immonde salopette mais quand elle a aperçu Jem, elle a piqué un méchant fard et elle est devenue toute bizarre. Elle a fait un drôle de bruit, une sorte de « Nnnnnnghhhhhh ! » et elle a quitté précipitamment la pièce.

J'ai regardé Jem en haussant les épaules.

– Tu passes ton brevet cette année ?

(Trop bien ! Il me prenait pour une fille de seize ans… hahahahahahahha)… Mais voilà que je me mettais moi aussi à pousser un « Nnnnnnngghhhh ». Puis maman est revenue. Elle s'était changée et elle avait mis du ROUGE A LÈVRES. Je les ai laissés se débrouiller.

Dimanche 7 février

11 h 00 J'ai mis une jupe super courte et on s'est fait la rue principale dans les deux sens avec Jas. C'était un test pour voir combien de garçons nous klaxonneraient. Dix ! ! ! (D'accord, on a marché quatre heures pour en arriver là… Mais c'est le résultat qui compte, dix c'est dix ! ! !)

Lundi 22 février

16 h 15 Il s'est passé un truc super bizarre quand on est sorties du collège tout à l'heure. Robbie était dans sa Mini. Enfin, il était appuyé contre. Qu'est-ce que j'aimerais que mes jambes ne deviennent pas toutes flagada chaque fois que je le vois. Mais qu'est-ce qu'il faut faire pour ne plus aimer quelqu'un ? Peut-être que je devrais me concentrer sur ses défauts. Si ça se trouve, il a des mains horribles. Jetons un coup d'œil... Elles sont magnifiques, puissantes mais en même temps on sent bien le côté artiste du garçon qui peut d'une main poser une étagère et de l'autre vous emmener sur des Himalaya de plaisir sensuel. Je suis sûre que ce n'est pas du tout le genre à main sur le sein... si seulement. Tais-toi, Georgia !!! Tais-toi ! Bref, je m'apprêtais à prendre mon air le plus séduisant possible quand j'ai entendu :

– Salut, Jas, ça va ?

Jas, rougissante :

– Oh, salut, Robbie, ça va et toi ?

Et lui :

– Ça va pas mal. Écoute, Jas... j'aimerais bien te parler. Est-ce qu'on pourrait prendre un café ensemble mercredi prochain après les cours ?

Jas :

– Euh... ben... heu... oui. Super. A mercredi alors.

Ça m'a séchée grave.

Quand on est arrivées chez Jas, j'ai foncé d'une traite du portail à sa chambre. J'avais l'impression d'avoir une boule de poils dans la gorge. Un peu plus je m'étouffais ou bien j'implosais ou je me faisais caca dessus ou les trois à la fois.

En s'asseyant sur son lit, Jas a fait :

– Foof.

– Ça veut dire quoi ce « Foof » ?

– Rien, « Foof », c'est tout.

– OK. Pourquoi il veut te voir ?

Elle fixait ses ongles d'une façon très agaçante.

– J'en sais rien.

– Tu vas pas y aller, n'est-ce pas ?

– Il m'a invitée à boire un café et j'ai accepté.

– D'accord, mais tu n'iras pas ?

– Et pourquoi j'irais pas ? Il a dit qu'il voulait me parler.

J'hallucinais.

– Mais tu sais bien que c'est mon pire ennemi.

Elle m'a joué les philosophes.

– Et alors, c'est pas le mien. Il a l'air de bien m'aimer, moi.

J'étais colère, niveau huit sur l'échelle de Richter.

– Jas, si tu es ma copine, tu n'y vas pas.

Elle a pincé la bouche sans rien dire. En sortant de chez elle, j'ai failli dégonder la porte en la claquant.

Mardi 23 février

11h00 Ce matin, je suis partie dix minutes plus tôt et j'ai pris l'autre trottoir. Jas m'attend tous les jours devant chez elle à partir de 8h35. Si jamais, je ne me suis pas pointée à 8h45, elle part toute seule.

Je suis passée devant chez elle à toute blinde et je suis arrivée au collège dix minutes avant le rassemblement.

Je me suis immédiatement fait alpaguer par Œil-de-Lynx.

– Je ne vous ai jamais vue arriver à cette heure-ci, qu'est-ce qui se passe au juste ? Je vous ai à l'œil, vous savez.

Honnêtement, je n'ai jamais vu une femme aussi suspicieuse. Évidemment, elle n'a sûrement rien de mieux à faire, ça n'a pas de vie propre ces bêtes-là. Au rassemblement, j'ai changé de place, je me suis mise à côté de Rosie. Quand Jas est arrivée, elle s'est mise là où on se met d'habitude toutes les deux. Elle m'a fait un petit sourire mais je lui ai jeté un regard noir. Je ne l'ai revue qu'à l'heure du déjeuner dans les toilettes. Au moment où elle est entrée, j'avais la tête coincée sous le sèche-mains. Je m'étais endormie sur ma frange et elle rebiquait grave. Je l'avais donc remouillée et je la faisais sécher. Bref, j'avais la tête à l'envers quand elle m'a sorti :

– Écoute, c'est trop bête. On va pas se fâcher pour un mec quelconque.

– Sai pan oun mouc coulquonque.

– Pardon ?

J'ai relevé la tête.

– Tu sais très bien ce que j'ai enduré avec Robbie, c'est pas « un mec quelconque ».

Et revoilà Mme Philosophe de mes deux.

– Mais qu'est-ce qui t'inquiète tant ? Il s'agit simplement de boire un café… pour le moment.

J'ai foncé là-dessus comme un aigle sur sa proie.

– Qu'est-ce que tu veux dire par « pour le moment » ?

Elle était en train de se mettre du dermophyle indien en faisant des moues dans la glace… Elle a totalement disjoncté, ma parole ! Elle se prend vraiment pour Claudia Schiffer.

– Je dis juste qu'il s'agit de boire un café pour le moment. Si jamais il se passait autre chose, tu serais la première informée.

Et là, elle a pris un bon coup de latte dans les tibias. COMMENT OSAIT-ELLE ? C'était décidé ! ! ! ! ! Je ne lui adresserai plus jamais la parole.

Samedi 27 février

10 h 00 Maman est au top. Elle chantonne dans la cuisine comme les gens heureux. Pour ce que j'en sais, moi…

J'ai fait la liste de mes copines :

Douze « occasionnelles proches », vingt « relations » et six « intimes » (genre qui pleureraient pour de vrai à mon enterrement).

Libby est trop petite pour être une copine bien qu'elle soit bien meilleure que certaines, si vous voyez ce que je veux dire. Jas n'est pas sur ma liste.

10 h 30 Ai-je assez d'amis ? Si jamais British Telecom me demande de lui fournir les dix numéros que j'appelle le plus souvent, il n'est pas impossible que je sois obligée de mettre le numéro du serveur vocal de l'horoscope du jour que je consulte plutôt deux fois qu'une.

11 h 00 On a sonné à la porte. Maman a hurlé :

– Georgia, tu réponds ?

C'était Jem. Il est vraiment craquant et bien bâti avec ça. Comme il était en T-shirt, on voyait bien ses muscles. Je lui ai souri. Après tout, peut-être est-ce d'un homme mûr dont j'ai besoin pour m'enseigner les voies de l'amour…

11 h 05 Maman est sortie de la chambre en courant, Libby dans les bras.

– Tu es gentille, mon cœur, tu emmènes ta sœur en promenade. Merci. Ah, Jem, que diriez-vous d'une tasse de café ?

– Je ne dirais pas non. J'ai un peu la gueule de bois.

Elle a gloussé (comme je vous le dis !).

– Vous, alors ! Vous avez passé une bonne soirée ?

Ils m'ont plantée là pour aller dans la cuisine.

– Oh, ça oui ! On a essayé le nouveau bar qui vient d'ouvrir. C'était vraiment sympa. Vous devriez venir un soir.

Regloussement.

– Attention, je pourrais vous prendre au mot.

Je n'ai pas entendu la suite parce qu'au même moment Libby me frappait violemment avec son singe en peluche.

– Dehors maintenant !

Message reçu cinq sur cinq.

Quoi d'autre ? Ma mère sort avec un décorateur pendant que mon père est en train de lui construire une nouvelle vie au bout du monde !

Note que vu sous cet angle, on peut la comprendre...

Vati nous a envoyé une lettre de Whangamata. Voici ce qu'il raconte.

Le village a l'activité géothermique la plus puissante du globe. L'autre jour, je déjeunais dans le jardin quand la table s'est soulevée et a fait une embardée... J'avais un mal fou à manger mon steak. Si le sol bouge en permanence, c'est que sous la croûte terrestre des centaines de milliards de tonnes de vapeur bouillante essaient de sortir. Les arbres bougent d'avant en arrière et les moutons de bas en haut...

Parfait, Vati. J'arrive par le prochain vol. Très peu pour moi. On a également eu droit aux photos de ses copains néo-zélandais... Ils étaient tous gravement barbus. On aurait dit les nains de *Blanche-Neige*.

Mais passons, c'est quand même mon Vati. Il faut que je parle à maman. Le salut de la famille en dépend.

12 h 05 Foutez-moi la paix.

MARS

PAPA A REJOINT BLANCHE-NEIGE

Lundi 1er mars

10 h 30 Je ne parle toujours pas à Jas mais tout va de travers. Figurez-vous qu'elle ne me parle plus non plus. Je ne m'explique pas comment cela a pu se produire.
C'était mon idée, pas la sienne. Maintenant, c'est une vraie galère pour aller au collège. Étant donné que c'est moi qui ai les jambes les plus longues, si elle est devant moi, je suis obligée de ralentir à mort pour garder la distance.

Mercredi 3 mars

9 h 00 C'est aujourd'hui que Jas prend ce foutu café avec Robbie. Je me demande si Lindsay est au courant… Je ferais peut-être bien de la prévenir, non ?

15 h 00 Je n'ai pas pu m'empêcher de suivre Jas à la trace toute la journée. Comme par hasard, elle a mis sa jupe extra-courte et elle s'est lavé les cheveux. Si je m'écoutais, je lui casserais la gueule à la sortie des cabinets ou mieux, je paierais Jackie et Alison pour le faire.

15 h 15 Rosie, Ellen et Jools refusent de prendre parti. Ça me révolte… Comment osent-elles être si neutres ?

Rosie :

– Il lui a juste demandé de prendre un café pour discuter… Discuter de quoi, ça on n'en sait rien.

Jools :

– On vit dans un monde libre, ma vieille, tu peux pas forcer les gens à faire les trucs que tu veux toi.

Non mais vous avez déjà vu des filles qui en tiennent une couche pareille ? J'étais prête à ne plus leur adresser la parole mais après je n'aurais plus eu personne à qui parler.

16 h 05 Il est là dans sa Mini ! ! ! ! Où est Lindsay ? Si ça se trouve elles vont se castagner. Une fois, il y a eu une bagarre devant le collège entre M. Atwood et un marchand de glaces. Elvis voulait le faire déguerpir. Alors, il est allé le trouver.

– Vous feriez mieux de dégager de là vite fait, mon vieux !

Et le marchand de glaces :

– Vas-y, essaye de me faire dégager, le nabot !

Elvis a retiré ses lunettes et sa casquette.

– Sors un peu de ta camionnette et tu vas voir comment je vais te faire dégager !

Le marchand de glaces est sorti de sa camionnette. Il mesurait dans les trois mètres cinquante.

Elvis :

– Bon, d'accord, je vous aurai prévenu. C'est mon dernier mot… Dès que vous aurez vendu toutes les glaces que vous voulez, vous quitterez les abords du collège.

16 h 08 Pas de Lindsay. J'ai demandé aux copines où elle était passée et elles m'ont répondu qu'elle jouait au badminton. Cette fille est trop nulle. Une espèce de petite intrigante est en train de lui taxer son fiancé-petit ami et tout ce qu'elle trouve à faire, c'est de courir en short après une balle de ping-pong bourrée de plumes.

16 h 10 Jas est arrivée avec des bottes en daim à talons hauts qui lui montaient jusqu'aux genoux. Qu'elle ne s'étonne pas après si on lui demande combien elle prend.

16 h 12 Jas a franchi le portail du collège. Robbie lui a ouvert la portière de la Mini, il est monté dedans et ils sont partis.

A la maison

16 h 38 Je suis en train de devenir brindezingue. Qu'est-ce qu'ils peuvent bien faire ?

17 h 00 Coup de fil à Rosie :

– Tu as des nouvelles ?

– Non.

– Bon, appelle-moi quand tu en as.

17 h 20 J'ai appelé la terre entière mais personne ne sait rien. On se croirait dans une de ces pièces merdiques qu'on étudie en ce moment au collège. Combien je vous parie qu'à la fin, je vais me retrouver seule et abandonnée à contempler la mer… avec peut-être même un joli collier de barbe.

17 h 30 Je viens de m'apercevoir que j'ai des poils qui poussent sous les dessous de bras. Comment sont-ils arrivés là ? Ils n'y étaient pas hier. Je suis formelle.

17 h 40 J'en ai quelques-uns sur les jambes aussi. Tiens, si je me les enlevais avec le rasoir de maman pour me changer les idées.

18 h 00 Oh, mon Dieu, mon Dieu, mon Dieu ! Je me vide de mon sang. Vite la robe de chambre de maman pour étancher le flot. Si elle s'aperçoit de ce que j'ai fait, elle me tue. J'ai intérêt à laver la robe de chambre vite fait.

18 h 10 Je me dépêche de la fourrer dans la machine avant qu'elle rentre.

18 h 30 Téléphone. Ce n'est que maman. Elles sont chez oncle Eddie avec Libby et elles rentrent plus tard. A moi de me préparer mon dîner. En voilà une surprise !

Allons faire l'inventaire du frigo.

18 h 32 Je me demande bien ce que je vais pouvoir manger ? Hmmmm… Ça y est, j'ai trouvé. Je vais me faire cette très vieille boîte de haricots moisis qui est la seule et unique proposition du frigo…

19 h 00 Téléphone.

En voulant répondre, je me prends les pieds dans le fil et je me paye un gadin. Re-hémorragie du mollet. C'est Rosie.

– Jas a appelé.

– Et alors ? ? ? ?

– Ben, ils ont pris un café. Jas m'a dit qu'elle le trouvait vraiment canon. Et il paraît qu'il est drôle en plus.

– Et alors ?

– Il voulait lui parler de Tom.

J'ai éclaté de rire.

– Hahahahahahahaahaha… et elle a mis ses bottes. Hahahaha.

– Il voulait savoir si Tom lui plaisait toujours parce que lui, oui.

J'ai raccroché. Tom. Mais on s'en fout de Tom. Hahahaha.

La vie est mêêêêêêêêêêêêêêêrrrrrveilleuse.

19 h 30 Lalalalalalalalalalalala. Mêêêêêêê-êêêêêêêrrrrrveilleuse.

19 h 40 Miam miam, les haricots. Délicieux, les haricots, délicieux.

22 h 00 Oh, non ! Petit problème. La robe de chambre de maman a atrocement rétréci. Elle est sûrement à la taille de Libby maintenant.

Hmmmm.

Qu'importe, mêêêêêêêêêêêêêêêrrrrrveilleuse. Je trouverai une solution demain. Pour le moment, il faut que je danse avec la musique à fond.

23 h 00 J'ai entendu maman rentrer mais j'ai fait comme si je dormais. J'ai caché la robe de chambre dans le bas de mon armoire.

8 h 30 Jas m'attendait devant chez elle. J'ai ralenti un max en faisant semblant de farfouiller dans mon sac. Puis j'ai fait celle qui avait oublié un truc à la maison et j'ai fait demi-tour. Je me suis cachée derrière un mur et j'ai attendu quelques minutes avant de reprendre le chemin du collège. Youpi ! Elle était partie, mon plan avait marché. Mais pile au moment où j'arrivais à la hauteur de son portail, elle a surgi de nulle part. On a marché côte à côte sans se parler. C'est super bizarre de rester silencieuse. Il faut faire méga gaffe à ne pas faire de bruit. Évidemment, pas question de rototo ni même de se racler la gorge sinon l'autre va s'imaginer qu'on veut parler. En arrivant au collège, Jas m'a donné une lettre. Au début, je ne voulais pas la prendre mais j'avais tellement envie de savoir ce qu'il y avait dedans que j'ai fini par la fourrer dans mon sac.

11 h 00 Première opportunité de lire cette foutue lettre. Je ne voulais surtout pas qu'elle s'imagine que sa prose m'intéressait.

Voici ce qu'elle m'a écrit.

Chère Georgie,

Je suis désolée qu'un garçon soit venu nous séparer, cela n'arrivera plus jamais. J'ai été stupide et je n'ai pas pensé à tes sentiments alors que tu es ma meilleure amie. S'il y a quelque chose que je puisse faire pour retrouver ton amitié, je le ferai.

Jas

P-S : Il n'est pas fiancé à Lindsay.

11 h 15 Si elle s'imagine qu'elle va s'en sortir avec ça, elle se fourre le doigt dans l'œil. Il me faudra plus d'une malheureuse lettre pour changer d'opinion à son sujet.

13 h 20 Jas m'a découverte au distributeur de bonbecs. Elle est dans ses petits souliers. Laissons-la souffrir...

13 h 21 – Euh...
– Qu'est-ce que tu veux dire par « il n'est pas fiancé à Lindsay » ?

Dans ma chambre

17 h 00 Jas m'aide à détendre la robe de chambre de maman. Pour la punir de s'être comportée de façon aussi odieuse, je lui ai fait promettre d'assumer la responsabilité du désastre robe de chambre. Maman n'osera pas se mettre en colère contre Jas.

17 h 15 La robe de chambre a exactement la même taille sauf que maintenant elle a des manches d'orang-outang.

17 h 25 Il semblerait que Robbie ait été très surpris d'apprendre qu'il était fiancé. Il a demandé à Jas d'où lui venait cette idée et elle a prétendu que c'était quelqu'un qui lui avait dit.

17 h 30 Jas est en train de m'épiler les sourcils.
– À ton avis, qu'est-ce que je fais avec Tom ? Robbie m'a dit que je lui plaisais toujours et que la fille avec qui il était à la soirée de Noël, c'était sa cousine.

– Ce garçon serait donc incapable de se dégotter une copine ?

Jas (un poil en cours d'épilation au bout de la pince) :

– Ne recommence pas, Georgie. Alors, je lui donne une seconde chance ou pas ?

Non mais elle me prend pour qui au juste ? Il n'y a pas écrit courrier du cœur sur mon front que je sache.

– Écoute, laisse-lui une autre chance si tu veux mais si j'étais toi, je ne lui faciliterais pas la tâche. Évite de l'embrasser dès le premier rendez-vous… sauf s'il en a très envie.

minuit Je m'en suis sortie à l'aise avec le plan « C'est pas moi, c'est ma copine qui a fait rétrécir ta robe de chambre ». Maman a l'air de plus en plus siphonné. On peut me dire combien de temps ça prend au juste de refaire une pièce ? Des années visiblement. Ça n'a rien de surprenant, Jem passe le plus clair de son temps à glousser stupidement avec maman. L'autre jour, Libby l'a appelé papa.

Ho, ho.

1 h 00 Je regarde le ciel depuis mon lit et j'entends un hibou ululer. Tout est en ordre en ce bas monde. Robbie n'est pas fiancé ! ! ! ! ! Merci Petit Jésus.

Mardi 16 mars

15 h 00 Mlle Stamp pense que j'ai des « prédispositions » pour le tennis. J'adore voir la balle raser la tête de mon adversaire. Dans le cas de Rosie, il vaudrait mieux dire « rentrer dedans » plutôt que raser. Cet après-midi, elle s'est pris une balle en pleine poire. Ses lunettes étaient toutes de traviole sur son nez. Je riais tellement que je n'arrivais plus à servir.

22 h 45 Je viens de rêver que je gagnais Wimbledon. Il semblerait que ma sexualité soit en pleine effervescence car le rêve n'est devenu intéressant qu'à partir des vestiaires. Au début, il y a eu tout le foin habituel. Vous voyez de quoi je parle : le dernier ace, la foule en délire, moi allant chercher mon trophée des mains de la princesse Margaret. Elle me disant : « Niveau sublime, rencontre somptueuse. Ça me fait regretter d'avoir arrêté. »

Moi répondant : « Hahahaha. J'ai du mal à croire que vous ayez joué à autre chose qu'au gin rummy. » Puis un dernier salut à mon public et retour aux vestiaires.

Et là donc, je commence à me déshabiller pour prendre une douche bien méritée. J'en suis au soutif (bonnets D généreusement garnis) et à la culotte quand quelqu'un entre dans la pièce. Je fais un bond. C'est Leonardo DiCaprio. « Excuse-moi si je t'ai fait peur » me dit-il avant de couvrir mon corps tremblant (mais terriblement mince et bronzé) de mille baisers. Mais là quelqu'un d'autre entre à son tour dans la pièce. Je me dégage de l'étreinte de Leo mais il me rassure : « Ne t'inquiète pas, ça n'est que Brad », et Brad Pitt vient se joindre à nos ébats.

Lundi 22 mars

14 h 00 Jas est tellement amicale que ça en devient gênant. Ces quelques jours sans ma conversation désopilante lui ont rappelé à quel point je lui étais chère. Sur le chemin du collège, je lui ai fait part de cette constatation en termes voilés.

– Jas, je suppose que ces quelques jours sans ma conversation désopilante t'ont rappelé à quel point je t'étais chère.

– Hahahahahaha !…

Puis voyant ma tronche :

– Ça, c'est bien vrai. Tu as totalement raison, Georgie.

Mercredi 31 mars

Au rassemblement

9 h 08 On était en pleine prière quand Rosie m'a sorti :

– Mate le pif de Jackie et fais passer à ta voisine.

Ce qui fut fait sur-le-champ. Au début je n'ai rien vu parce que Jackie avait les cheveux dans la figure.

Je me suis grouillée de l'appeler avant qu'on attaque l'hymne.

– Psssstt ! Jackie !

Elle s'est retournée et là, j'ai vu qu'elle avait le bout du nez tout noir ! ! ! ! ! On aurait dit un panda avec une perruque sur la tête. J'ai cru que j'allais me faire pipi dessus. Toute la rangée sanglotait.

Jackie n'arrêtait pas de nous jeter des regards furibards, ce qui ne faisait qu'accroître notre hilarité. Faut dire qu'il n'y a rien de plus désopilant qu'un panda en colère ! ! ! On s'est traînées jusqu'aux cabinets où on a continué de hoqueter au-dessus des lavabos. Quand j'ai retrouvé mon calme, j'ai réussi à demander à Ellen :

– Mais qu'est-ce qui lui est arrivé à Jackie ?

– Tu te rappelles le DJ sur lequel elle délirait ? Il s'est soûlé à mort avec des potes et quand il a retrouvé Jackie, il a pensé que ce serait super amusant de lui faire un suçon sur le nez.

Ô les beaux jours !

AVRIL

COMPTE RENDU BÉCOT

Mardi 6 avril

17 h 00 J'ai battu Lucy Doyle au tennis et c'est une seconde ! ! ! Je suis un génie !

18 h 30 J'essaye de m'entraîner contre un mur mais je crois que je vais renoncer. Dès que la balle touche le sol, Angus se jette dessus et la transporte cinq mètres plus loin dans un endroit où il la veille consciencieusement. Ensuite, si je fais mine de vouloir la reprendre, il attend que je sois à deux centimètres pour l'embarquer encore plus loin. Pour finir, je lui ai tapé sur le crâne avec ma raquette mais de toute évidence, l'animal est insensible à la douleur.

19 h 00 Coup de fil à Jas.

C'est beaucoup plus relax depuis que papa est parti. Personne ne hurle : « Non mais tu vas lâcher ce putain de téléphone ! » Tiens, je suis en train d'oublier à quoi il ressemble, lui.

A quelque chose malheur est bon.

Jas est descendue répondre au téléphone.

– Jas, j'ai un plan sublime.

– Oh, non.

–Tu vas l'adorer.

– Et pourquoi ça ?

– Parce qu'il est génial et qu'en plus il va te permettre de t'acquitter de ta dette envers moi.

– Je t'écoute.

– Voilà. Tu m'as dit que Robbie ne savait pas qu'il était fiancé, or Lindsay se balade avec une bague de fiançailles…

– Et ?

– Donc si elle la porte à l'école et pas quand elle sort avec lui, c'est qu'elle l'aime plus que lui il l'aime.

– Possible.

– Évidemment que oui. A l'heure qu'il est, il doit en avoir ras le bol de cette nana. On se demande ce qu'il lui trouve.

– Il paraît qu'elle est très intelligente. Elle entre à Oxford l'an prochain.

– Et alors, c'est une bûcheuse, je vois pas en quoi ça la rend aimable. Apprendre des trucs n'est pas un signe d'intelligence. C'est pas parce que je n'arrive pas à mémoriser tous les Plantagenet que je ne suis pas intelligente.

– Oui, oui, peut-être.

– Pas peut-être, sûrement.

– Il me semble que tu as également quelques difficultés avec les équations du second degré.

– Oui, d'accord, Jas…

– Et tu n'arrives pas non plus à conjuguer les verbes au plus-que-parfait…

– Je sais mais ce que je disais, c'était que…

– Tu es nulle en allemand. Herr Kamyer dit qu'il n'a jamais vu une élève aussi crasse de toute sa carrière.

– Écoute, Jas, si on en revenait à mon plan ? Voilà, ce que je te propose : on va filer Lindsay.

– La filer ?

– Parfaitement.

– Tu veux dire qu'on va la suivre et qu'ensuite on lui passera des coups de fil pour lui demander de quelle couleur est sa culotte ?

– Non pas le truc de la culotte, juste celui de la filature.

– Quel intérêt ?

– L'intérêt, c'est que je saurai enfin si Robbie l'aime vraiment ou pas.

– Et pourquoi je viendrais ?

– Parce que : a) tu es mon amie, b) ça aura l'air moins louche vu qu'on est toujours fourrées ensemble, c) dans quelques semaines, ma mère s'absente avec Libby et tu pourras venir dormir à la maison… et inviter Tom.

– Quand est-ce qu'on commence ?

Ça, c'est ma Jas.

Vendredi 16 avril

Début de l'opération « Filature de Lindsay » ce soir.

16 h 15 Quand la dernière sonnerie a retenti, on s'est vite planquées derrière le bâtiment des sciences. On voyait Miss Bûcheuse (Lindsay) en train de bavarder avec Œil-de-Lynx. Elles riaient. Quelle tristesse d'être obligée de rire avec un prof ! Puis dès que Lindsay a attrapé son manteau, on s'est précipitées dans la petite allée qui sépare le bâtiment des sciences du bâtiment principal. Cet endroit est dégoûtant. Il est jonché de mégots laissés par Jackie et consœurs. Mais bref, si on suit cette allée jusqu'au bout on se retrouve pile de l'autre côté de l'entrée principale. Le seul hic, c'est la cabane d'Elvis. Depuis le jour où j'ai posé sur sa chaise un squelette en plastique avec son chapeau sur la tête et une pipe entre les dents, il me hait mortellement. Je ne sais pas comment il a réussi à savoir que c'était moi. Bref, on est passées sans encombre, il n'était pas là. On s'était habillées en noir et on avait mis des chapeaux. On faisait très « résistants français ». On est arrivées au bout de l'allée juste au moment où Lindsay sortait. Quand elle a regardé sa montre, on a vu distinctement l'éclat de sa bague.

17 h 15 A l'extérieur de la maison chic de Lindsay : « Les Ifs ».

Maison de plain-pied. Ce qui signifie que la chambre de Lindsay est au rez-de-chaussée. Ce qui signifie qu'on va peut-être voir à l'intérieur par la fenêtre.

Hi ! Hi !

Mais avant toute chose, il est grand temps de reprendre des forces.

18 h 30 Chips et Coca. Miam miam.

18 h 45 Cible repérée quittant le salon. N'a pas réapparu. Supposons qu'elle est dans sa chambre en train de faire des efforts désespérés, et vains, pour être potable en vue de son rendez-vous avec Robbie.

18 h 58 On s'est décidées à se risquer à l'arrière de la maison. J'ai glissé à Jas :

– J'espère qu'ils n'ont pas de chat.

– Tu veux dire chien, non ?

– Tu n'a jamais rencontré Angus, ma parole ?

On s'est avancées à pas de loup. On était presque arrivées derrière la maison quand une tête a surgi au-dessus de la haie mitoyenne. Une tête atrocement chauve comme celle d'oncle Eddie. Rapide comme l'éclair, Jas lui a soufflé :

– Chut, on fait une surprise à Lindsay…

Puis elle lui a fait un clin d'œil et la tête a disparu. En atteignant notre but, on s'est aperçues que la chambre de Lindsay donnait sur le jardin. Les rideaux étaient à demi tirés, on pouvait donc voir à l'intérieur.

Un cauchemar, sa chambre. Entièrement bourrée de trucs blancs en dentelle, oreillers en dentelle, couvre-lit en dentelle… Housse de bouillotte en Teletubby ! ! ! !

Lindsay a mis une cassette et tout de suite on s'est regardées avec Jas : c'était Genesis. Jas a fait mine de dégobiller. On était obligées de baisser la tête chaque fois qu'elle se tournait face à la fenêtre. Elle a disparu par une autre porte et, deux secondes après, on a entendu des bruits d'eau. Moi :

– La salle de bains est collée à sa chambre. C'est très mauvais, ça.

– Pourquoi ?

– Je sais pas, mais c'est pas bon pour son karma. Elle a intérêt à brûler quelques milliers de bâtons d'encens pour éviter le pire… Tu as vu son réveil ? Il y a une tête d'endormi dessus.

Lindsay est sortie de la salle de bains, les cheveux tirés en arrière, en string et en soutif. Les strings, je ne pige vraiment pas. Non mais on peut me dire à quoi ça sert exactement ? J'ai essayé celui que maman met pour aller à son cours d'aérobic… mettait serait plus juste, vu qu'elle n'y est allée qu'une fois. Lors de cette unique expérience, elle a perdu le contrôle de ses seins et elle a failli s'assommer. Bref, j'ai essayé son string et je me suis sentie ridicule… Pour moi, jusqu'à preuve du contraire, ça n'est jamais qu'un truc qui vous remonte entre les fesses. Point. Après quoi, on a vu quelque chose d'encore plus grotesque. Lindsay n'avait pas le moindre poil sur la foufoune ! Qu'est-ce qu'elle en avait fait ? Elle ne les avait quand même pas rasés ? Je me suis rappelé l'état de mes mollets la dernière fois que je les avais rasés et j'ai cru que j'allais m'évanouir.

Elle était si maigre ! ! ! Moi au moins, je remplis mon soutif. Puis devant nos yeux ébahis, la cible a fait deux gestes significatifs que nous n'aurions pas manqué de noter dans nos calepins si nous en avions eu un.

1. Elle a enlevé sa bague et elle l'a embrassée ! ! !

2. Elle s'est collé deux machins en caoutchouc rose sous les seins. Ce qui a eu pour effet de les remonter et de donner l'illusion d'un décolleté pigeonnant. On s'était bien fait avoir. J'ai soufflé à Jas :

– Je te parie que Robbie n'est pas au courant pour ça…

Mais Jas ne m'écoutait pas, elle regardait derrière elle la tête chauve qui avait refait son apparition au-dessus de la palissade. Non mais qu'est-ce qu'ils ont les voisins ? Ils n'ont pas de vie perso ou quoi ? Elle avait l'air un rien suspicieuse la boule de billard. J'ai pris ma voix la plus naturelle et je lui ai sorti :

– Elle a dû mettre la musique trop fort. Elle entend pas quand on frappe au carreau. Essaye encore une fois, Jas.

Jas m'a regardée d'un air interloqué mais, fort heureusement, elle a eu la présence d'esprit de faire semblant. Elle a fait mine de taper au carreau, puis d'agiter la main en direction de Lindsay (qui, Dieu merci, était repartie dans sa salle de bains) et enfin de rire comme une folle.

La filature, c'est crevant. Mais Tête-d'Œuf a dû être satisfait car il a disparu. Nous, on est revenues sur nos pas et on s'est planquées derrière une haie pour attendre la sortie de la cible.

19 h 40 Brrr... fait frisquet. La porte d'entrée s'est enfin ouverte sur une Lindsay enchignonnée (erreur) et en jupe longue noire (re-erreur quand on est bâti comme un cure-dent). On s'est baissées un maximum quand elle est passée puis on lui a laissé quelques minutes d'avance avant de reprendre notre filature. En arrivant dans la rue principale, elle s'est arrêtée sous un lampadaire pour se regarder dans son miroir de sac. Et là, au lieu de foncer chez elle en hurlant de terreur, elle a refermé le miroir et elle a repris sa route.

Brusquement, j'ai eu l'impression de faire quelque chose de mal. Jusque-là, j'avais été prise par mon délire « Résistance française » mais si jamais je découvrais quelque chose que je ne voulais pas savoir... Et si jamais Robbie était réellement amoureux d'elle... Est-ce que je pourrais le supporter ? Est-ce que j'avais vraiment envie de le voir embrasser Lindsay ?

– Tu crois pas qu'on devrait rentrer maintenant ?

– Tu es malade ? Pas après tout ça. Pas question. Je veux connaître la suite.

19 h 50 Robbie l'attendait devant le cinoche. Mon cœur a commencé à battre la chamade. Il était trop craquant. Mais pourquoi ce n'était pas mon mec ? Lindsay s'est approchée de lui. Le moment de vérité avait sonné. J'avais envie de hurler : « Fais gaffe, elle a des bouts de caoutchouc rose dans le soutif... et elle met un string. »

J'ai retenu ma respiration et la main de Jas dans le même temps mais elle s'est empressée de la retirer avec un : « Bas les pattes, la goudou. » Puis… Lindsay a avancé son visage et Robbie l'a embrassée.

20 h 00 Re-chips sur le chemin du retour. Moi :

– A ton avis, c'était quoi comme genre de baiser ? Un vrai lèvres-lèvres ou bien un lèvres-joue, ou bien un lèvres-coin de bouche ?

– Je pencherais pour le lèvres-coin de bouche à moins d'un lèvres-joue.

– C'était pas un total lèvres-lèvres contact maxi, hein ?

– Non.

– Je pense qu'elle était partante pour le total lèvres-lèvres contact maxi et qu'il a transformé le truc en lèvres-coin de bouche.

– Oui.

– Il avait pas l'air enthousiaste enthousiaste, hein ?

– Non.

– Tu trouves aussi ?

– Oui.

– Moi aussi.

Devant chez Jas

20 h 40 Moi :

– Bilan : a) elle porte pas sa bague quand elle sort avec lui, donc elle raconte des bobards quand elle dit qu'ils sont fiancés, et b) il ne la trouve pas si terrible que ça puisqu'il ne lui a pas fait le total lèvres-lèvres contact maxi.

Jas a ouvert la porte de son jardin.

– C'est ça. A demain. N'oublie pas de t'occuper de la soirée pyjama.

minuit L'affaire se corse. Tout ce qui me reste à faire, c'est de me débarrasser de Lindsay, de convaincre Robbie que je suis la femme de ses rêves, d'empêcher maman de détruire notre famille, de faire pousser mes seins, de me faire refaire le nez et le tour sera joué…

Jeudi 29 avril

18 h 30 Le téléphone a sonné. Dans l'écouteur, une drôle de voix a dit :

– Bonjour, c'est toi Georgie ?

Je suis restée sur mon quant-à-moi. On ne sait jamais, ça pouvait être un coup de fil cochon. (Une fois, il y a un type qui m'a appelée de Glasgow d'une cabine téléphonique. Il me faisait, avec son accent écossais : « De quelle couleur est ta cul… ? » Puis bip bip bip et moi comme une gourde : « Pardon, qu'est-ce que vous dites ? » Il a recommencé son manège trois ou quatre fois avant d'arriver à finir sa phrase : « De quelle couleur est ta culotte aujourd'hui ? » et de raccrocher à nouveau. Donc, on n'est jamais trop prudente.)

L'étrange voix pleine d'écho a poursuivi :

– C'est papa, Georgie. J'appelle de Whangamata.

Ça pour une surprise.

– Oh… heu… salut p'pa.

Lui avait l'air super content :

– Ça marche l'école ?

– Bof, tu sais… l'école.

– Tout le monde va bien ?

– Oui. Angus a attrapé le cochon d'Inde des voisins.

– Il l'a rendu ?

– Oui, après que je lui ai tapé dessus avec ma raquette de tennis.

– Et Libby ?
– Elle sait dire « trouduc » maintenant.
– Qui lui a appris ça ?
– Je sais pas.
– Tu devrais faire plus attention à elle, Georgie.
– C'est pas ma putain de fille.
– Ne jure pas, s'il te plaît.
– J'ai juste dit putain.
– Putain est un juron… Écoute, demande à ta maman de venir au téléphone, ça me coûte une fortune.
– Elle est pas là.
– Où est-elle ?
– Je sais pas. Elle est toujours sortie.
– Bon, dis-lui que j'ai appelé.
– D'accord.
Puis il y a eu un silence. Quand il a recommencé à parler, sa voix m'a paru encore plus bizarre :
– J'aimerais tellement que vous soyez là avec moi. Vous me manquez.
– Hmmmmmmmpgh.
Si seulement les parents s'abstenaient de ce genre de choses. Vous voyez ce que je veux dire, quand ils vous donnent envie de pleurer et de les bourrer de gnons en même temps.

MAI

IL ME SERT À MAINTENIR MES BOULES EN PLACE

Mardi 4 mai

8 h 10 Un rien cafardeuse en me réveillant. J'ai rêvé que papa s'était fait pousser une barbe de nain de *Blanche-Neige* mais au final, je m'apercevais que c'était Angus qui s'était accroché à son menton.

Rassemblement, maths, physique… pas un truc qui vaille le coup d'être en vie.

16 h 30 A la maison. Épuisée de rire. J'ai mal aux côtes. La Mère Fil-de-Fer m'a collée de vestiaires pour tout le trimestre prochain mais je m'en fiche, ce n'est pas cher payé.

Que je vous raconte. On était en cours de physique et, comme ça arrive parfois, on était limite hystériques. Chaque fois que Herr Kamyer nous demandait si on avait compris ses explications, je hurlais : « *Jawohl, Herr Kommandant !* » en claquant des talons. Il était en train de nous expliquer la structure moléculaire de l'atome et son fonctionnement.

Herr Kamyer avait choisi d'illustrer son exposé à l'aide de boules de billard qu'il avait posées sur un torchon. Déjà ça, ça me faisait glousser. A un moment donné, j'ai pensé à une blague et j'ai levé la main, le doigt pointé en avant comme dans « Qui qu'a mangé tous les gâteaux ? »

– Oui ? m'a dit Herr Kamyer.

– Quel rôle joue le torchon dans la structure moléculaire, m' sieur ? je lui ai demandé.

Et c'est là que Herr Kamyer a commis l'erreur fatale.

– *Ach nein*, Georgia, il me sert à maintenir mes boules en place.

Total chahut. Je riais comme une bossue. Style je ferais mieux de m'arrêter avant d'avoir des ennuis mais je n'y arrive pas. Il a presque fallu me porter jusqu'au bureau de la Mère Fil-de-Fer. Une fois derrière la porte, j'ai fait de mon mieux pour me reprendre et quand j'ai cru y être arrivée, j'ai frappé.

Dans le bureau, j'ai adressé une prière muette à Fil-de-Fer : « Je vous en supplie, ne me demandez surtout pas ce qui s'est passé. Parlez-moi de n'importe quoi mais surtout pas de ça. S'il vous plaît. »

La Mère Fil-de-Fer tremblotait méchamment.

– Georgia, pouvez-vous me dire ce qu'il y a de si amusant dans la structure moléculaire des atomes ?

J'ai essayé. Dieu m'est témoin. J'ai vraiment essayé.

– Voilà, mademoiselle Simpson, c'est à cause du torchon… Il a dit qu'il lui servait…

– Je vous écoute.

– Il a dit qu'il lui servait à… maintenir ses boules en place.

Et c'était reparti.

minuit Quoi qu'il en soit, super marrade de chez marrade.

Tournoi de tennis

14 h 30 Je joue la demi-finale. Splendide journée ensoleillée. Tout bien considéré, je pense que je gagnerai sûrement Wimbledon un jour ou l'autre. Le blanc me va à ravir. Toutes les copines sont venues m'encourager. C'est super et karmique et bizarre en même temps mais… si je gagne contre Kirsty Walsh (une seconde), je jouerai la finale contre Lindsay. Je vous l'avais dit, pour être bizarre, c'est vraiment bizarre. Lindsay a un jeu tellement ennuyeux que je suis sûre que je peux la battre. C'est le genre à suivre les règles à la lettre mais elle n'a encore jamais rencontré Lob-qui-Tue (moi).

OK, si je la bats, ça veut obligatoirement dire que Robbie est à moi. Lindsay a mis une culotte blanche en dentelle sous sa jupe. (Pas un string, heureusement, sinon Mlle Stamp aurait eu une bouffée délirante homosexuelle et elle aurait ruiné mon jeu.) Je trouve mon short beaucoup plus classieux. C'est le style, je viens juste de me souvenir que j'ai une finale à jouer et j'enfile le premier truc qui me tombe sous la main et qui me rend atrocement séduisante sans le faire exprès.

15 h 30 Je viens de gagner le premier set et je suis en train de servir pour gagner le deuxième, et le match par le fait.

Je me sens très en forme. J'ai un peu chaud mais je suis assez sûre de mon service. Les copines sont au bord de l'apoplexie. Elles n'arrêtent pas de hurler : « Vas-y, Georgie, vas-y Georgie, vas-y ! » et Œil-de-Lynx passe son temps à leur dire de rester tranquille. (Pas de chance, c'est elle qui arbitre.)

Mais elle ne m'empêchera pas de gagner. Hahahahahahahaha. Je suis la reine du monde. J'aurai Robbie les doigts dans le pif.

Premier service : un ace ! ! ! ! ! Yes ! Yes ! Yesssssssssss !

– Quinze/zéro, annonce Œil de Lynx.

Deuxième service : un bref échange puis un très habile coup droit slicé croisé. « Trente/zéro. »

Troisième service. Whizzzzzzz. Un autre ace ! ! ! ! ! Kirsty ne peut pas suivre. Quelle chiffe molle ! Ma pauvre vieille, si tu crois que tu vas t'en sortir vivante ! ! ! !

– Quarante/zéro.

Un silence de mort s'installe sur le court pendant que je me prépare à servir la balle de match. Je me place derrière la ligne de fond de court. Jas tripote nerveusement sa frange. Je la regarde. Elle cesse.

Je lance la balle puis j'abats ma raquette avec un léger lift. La malheureuse Kirsty ne fait même pas mine de bouger. Ace ! ! ! ! !

Les lèvres pincées, Œil-de-Lynx annonce :

– Jeu, set et match pour Georgia Nicolson.

Yesssssssssssss ! ! ! ! ! ! Victoire ! ! ! ! ! ! ! ! ! !

Je tombe à genoux devant la foule en délire comme McEnroe. Dans mon enthousiasme, je jette ma raquette en l'air.

Elle décrit une large courbe dans le ciel et atterrit pile poil sur la tête d'Œil-de-Lynx qui tombe de sa chaise d'arbitre, inconsciente.

Dans mon lit

20 h 00 J'Y CROIS PAS. Œil-de-Lynx a perdu connaissance à peine deux secondes et j'ai quand même été disqualifiée. C'est Kirsty qui a joué contre Lindsay. Regarder ce spectacle était au-dessus de mes forces. Ça tombait bien, je n'avais pas le droit d'y assister. J'étais de corvée de nettoyage de tapis de gym.

Lindsay a gagné.

D'un point de vue karmique, je ne sais pas ce que ça signifie. Je ne suis pas sûre de pouvoir croire encore en Dieu.

23 h 00 Pour que la foi me revienne, il faudrait qu'un truc super génial m'arrive très vite.

JUIN

LA SOIRÉE PYJAMA

Vendredi 4 juin

17 h 00 Maman n'en finit plus de partir. Je n'ai jamais vu quelqu'un d'aussi lambin ! Libby n'est toujours pas habillée. Je finis par lui proposer de le faire moi-même.

– Tu ferais ça, ma chérie ? Merci, c'est gentil. Je n'arrive pas à mettre la main sur ma pince à épiler. Tu n'aurais pas une idée de l'endroit où elle se trouve par hasard ?

(Dans ma trousse.)

– Heu… non mais je crois que j'ai vu Libby jouer avec.

– Mon Dieu, on n'a pas fini de la chercher.

Libby a décidé que « s'habiller » était un nouveau jeu. Les règles sont assez simples. Il suffit simplement de lui courir après pendant des heures avant qu'elle se laisse attraper. Deux siècles et demi plus tard, je lui enfilais son pantalon et elle me caressait les cheveux en chantonnant :

– Ron ron, mon gentil minou. Veux du lait, trouduc ?

Libby s'imagine sans doute que « trouduc » est un nom.

Une fois qu'elle a été prête, j'ai foncé au premier étage récupérer la pince à épiler que j'ai fourrée dans le panier d'Angus. (Dieu merci, il était dehors en train de trucider quelques oiseaux sinon il l'aurait becquetée.) Puis j'ai crié :

– Maman, viens voir ! Devine où j'ai trouvé ta pince ?

Elle est sortie de sa chambre et je lui ai montré le panier du chat.

– Non mais tu te rends compte ! Merci, ma chérie. Maintenant, je pense qu'il ne me manque plus rien. On peut y aller.

Libby a marqué une franche résistance au moment du départ. Maman s'est pris des grands coups de langue sur la figure et il y a eu pas mal de hurlements.

– Vilaine maman, vilaine. Vole Libby.

En partant, maman m'a fait :

– Ça va aller, n'est-ce pas, ma chérie ? Je serai de retour demain dans la soirée. Tâche de manger quelque chose de nourrissant et ne veille pas trop tard.

Elle n'était pas partie depuis cinq secondes qu'elle était déjà de retour.

– Inutile d'envisager même une seconde de te faire un truc aux cheveux.

18 h 00 Rosie est arrivée la première.

– Sven nous rejoindra vers onze heures et demie quand il aura fini son service au restaurant.

– Tu en es où avec lui ?

– Heu… Au six. Il arrive des fois qu'on passe au sept…

Que je vous explique. On a mis au point un système qui permet de savoir exactement où on en est au point de vue baiser, etc. Six et sept sont des niveaux. Voilà comment ça marche :

1. Main tenue
2. Prise dans les bras
3. Baiser en se quittant le soir
4. Baiser qui dure plus de trois minutes sans reprendre son souffle
5. Baiser bouche entrouverte
6. Baiser avec la langue
7. Caresses sur la partie supérieure du corps en extérieur
8. Caresses sur la partie supérieure du corps en intérieur (au lit)
9. Activité en dessous de la taille
10. La totale

– C'est comment avec lui ?

– Vachement bien. Je pense que les Danois se débrouillent beaucoup mieux que les Anglais. Ils changent plus souvent de rythme.

– Qu'est-ce que tu veux dire ?

– Tu sais bien, les Anglais sont du genre à s'exciter comme des dingues et après ils t'embrassent toujours en appuyant pareil. Eh bien, lui, il varie la pression. Quelquefois, c'est doux et quelquefois c'est fort, et parfois c'est entre les deux.

– Ça me plaît, ça.

– Moi aussi. Apparemment, ça plaît à toutes les filles. Nous, on aime la variété alors que les garçons restent toujours fixés sur le même truc.

– Comment tu le sais ?

Elle m'a regardée d'un air suffisant.

– Je l'ai lu dans *Les hommes viennent de Mars, les femmes viennent de Vénus*.

Quand toutes les copines ont été là, on a mis nos pyjamas et on s'est passé la vidéo de *Grease*. On arrêtait le film toutes les cinq secondes pour se refaire les numéros danse. Moi, j'ai fait *You're The One That I Want*, debout sur le canapé.

Puis, vers 11 heures, le téléphone a sonné.

C'était Tom qui voulait parler à Jas. Elle s'est enfermée dans l'entrée pour qu'on ne l'entende pas. Quand elle est revenue, elle était limite crise de nerfs.

– Il arrive avec son pote Leo... OhmonDieumon-DieumonDieu !

23 h 30 Quand Tom et Leo sont arrivés, on était en train de manger des toasts et du roulé à la confiture. Ils avaient pris leurs pyjamas aussi. Qu'est-ce qu'on a rigolé quand on les a vus revenir avec ! Sven s'est pointé un peu plus tard (j'avais oublié la taille). Il s'est éclipsé avec Rosie, et nous, on a remis la cassette de *Grease*. Ce coup-ci, les garçons ont participé. Tom est vraiment marrant. Je me suis mordu la langue pour ne pas lui parler de Robbie.

1 h 00 Toujours pas couchée. On parle de TOUT ! ! ! ! Pas vu Sven et Rosie depuis des siècles. A l'heure qu'il est, il y a de grandes chances pour que le sept soit loin derrière eux.

1 h 30 Tom et Jas ont disparu et Leo et Ellen sont sortis « prendre l'air ». Je ne comprends pas, il n'y a pas suffisamment d'air dans le salon ou quoi ? Le reste de la troupe (les sans copains) a décidé de se lancer des défis. Ça a commencé avec des « t'es pas chiche d'enlever ta culotte et de te la mettre sur la tête » jusqu'à « t'es pas chiche de monter sur le mur du jardin et de baisser ton pyjama ».

Sarah l'a fait.

2h00 Patty et Mabs m'ont mise au défi de descendre et de remonter la rue entièrement à poil. Elles m'ont promis qu'elles m'achèteraient un nouveau rouge à lèvres si je le faisais. Les « couples » n'ayant toujours pas refait leur apparition, je me suis dit que je pouvais tenter le coup. Toutes les « sans » sont sorties en pyjama dans le jardin. C'était une belle nuit d'été. Il n'y avait pas une seule lumière dans tout le quartier à part celles de la maison. J'ai enlevé mon pyjama et j'ai couru toute nue jusqu'au bas de la rue et retour. On était mortes de rire. Les copines n'en revenaient pas ! ! !

On était en train de glousser sur le pas de la porte quand les « couples » sont rentrés de leur excursion. Je me suis dépêchée de me cacher derrière Patty pour remettre mon pyjama. Tom m'a fait un clin d'œil.

– Faudra que je dise à Robbie ce qu'il a manqué.

Je vous raconte pas comment j'ai rougi.

– Ne t'avise pas de faire ça. Jure-moi que tu ne le feras pas !

– Est-ce que tu penses qu'on devrait ressortir ensemble avec Jas ?

– Absolument ! Vous êtes faits l'un pour l'autre.

– Ce qui m'a toujours plu avec toi, Georgia, c'est ta sincérité.

Vers deux heures et demie, les garçons sont rentrés chez eux et on a rangé la maison. Je vous en supplie, mon Dieu, faites que Tom ne dise rien à Robbie.

On s'est installées dans le salon, bien au chaud dans nos duvets et on s'est mises à discuter de tout : de garçons, de maquillage… de lesbiennes.

Rosie :

– Comment est-ce qu'on devient lesbienne ?

Moi :

– Pourquoi ? Tu as envie d'essayer ?

Jas :

– C'est pas aussi simple que ça. Il ne suffit pas de se dire : tiens, je vais essayer.

Ellen :

– Essayer quoi ?

Jas a piqué un léger fard (ce qui signifie dans son cas qu'elle a viré au cramoisi).

– Essayer... heu... essayer d'embrasser une fille.

On s'est toutes redressées en poussant un énorme « Beurk ! ! ! »

Rosie :

– C'est ça qu'elles font les lesbiennes, elles s'embrassent ?

Jas (la porte-parole officielle du monde lesbien) :

– Évidemment qu'elles s'embrassent. Elles ont leurs machins sexuels à elles.

Rosie :

– Comment est-ce qu'elles pourraient avoir leurs machins sexuels à elles puisqu'elles n'ont pas... de machins sexuels justement ?

Moi :

– Au fait, Jas, comment se fait-il que tu maîtrises si bien le sujet ?

La revoilà qui revire au rouge soutenu. Rosie :

– Ce que je veux dire, c'est qu'est-ce qu'elles peuvent bien faire puisqu'elles n'ont pas de machins sexuels ?

Moi :

– Allez, vas-y, Miss Docteur ès goudous. Que font les lesbiennes dans l'intimité de leur nid d'amour ?

Jas a marmonné un truc inaudible dans son duvet.

– Tu en sais rien en fait, c'est ça ?

Re-marmonnement.

– Elle se frittent.

Moi :

– Elles se frittent ? Mais pourquoi elles se frittent ?

Jas s'est rassise :

– Elle se frittent pas, elles se frottent. L'une contre l'autre.

J'ai dit « bonne nuit » sans demander mon reste et tout le monde s'est dépêché de dormir.

Mercredi 16 juin

18 h 00 Jackie m'a fait passer un mot ce matin :

Cet après-midi on sèche les cours et on file faire des achats en ville. Détail du plan à l'heure du déjeuner.

Je savais très bien ce que « faire des achats » signifiait dans le langage de Jackie. Ça voulait dire chourer dans les magasins. Donc à midi, je me suis planquée dans les cabinets mais elle a fini par me retrouver quand même. Je lisais un magazine assise sur un chiotte avec les pieds relevés pour éviter de me faire repérer. Jackie est entrée dans le chiotte d'à côté et elle m'a regardée par-dessus la cloison.

– Qu'est-ce que tu fous ?

Je n'ai pas levé les yeux de mon magazine.

– Je fais des cocottes en papier.

– Bon, tu viens maintenant ? On a fait la liste des trucs qu'on voulait et on sait même où on se retrouve après.

Et là, brusquement, j'ai pété les plombs. J'en avais plus que ras le bol des sœurs La Terreur. Elles ne me faisaient plus rire du tout. Elle se débrouillaient toujours pour m'obliger à faire des trucs que je ne voulais pas faire. J'en avais ma dose. Je me suis entendue dire :

– Je ne viens pas et si j'étais toi, je n'irais pas non plus.

Jackie était sidérée.

– Tu as viré catholique pratiquante ou quoi ? Où t'as fourré ton chapelet ? Allez grouille ! Mets ton manteau. On se tire.

J'ai dit « Non » et je suis sortie du chiotte. Elle m'a filé le train et je peux vous dire que ce n'est pas un petit gabarit.

– Je crois que tu ferais mieux de venir avec nous.

Alison était juste derrière elle.

Puis une voix étrangement calme a parlé par ma bouche. Comme une crétine, je me suis prise pour Xena.

– Si tu le prends comme ça... Je ne pensais pas avoir à me servir si tôt des mes nouvelles connaissances en arts martiaux. Toutes mes excuses si je brise quelque chose, je ne me suis entraînée que sur des briques jusqu'à présent.

Jackie m'a regardée d'un air perplexe (qui ne l'aurait pas été à sa place ?), mais elle a continué à se rapprocher. Alors j'ai poussé un hurlement de bête et je lui ai tordu le bras derrière le dos d'un seul coup. Je ne sais pas comment j'ai fait. Tout ce que je sais, c'est que je l'ai fait en pensant à toutes les petites gens partout dans le monde (mais non, pas les nains, les gens vulnérables).

20 h 00 Coup de fil de Jas.

– Tout le monde parle de toi. C'est génial ! ! !

20 h 30 Je suis fière comme un pou. (Je me demande comment s'appelle la femelle du pou... Ça ne peut pas être poute quand même. « Je suis fière comme une poute. » C'est sûr, ça sonne moins bien...)

minuit Yessssssssssssss ! ! ! ! ! !

Samedi 19 juin

9 h 00 Les Stiff Dylans donnent un concert sous la halle du marché. Tom, Jas et toute la bande vont y aller. Qu'est-ce que je fais, moi ?

11 h 30 Maman est en train de se ridiculiser. Elle refuse obstinément que je me teigne en blonde.

– A ton avis, que serait devenue Marilyn Monroe si Mme Monroe lui avait dit : « Non, Marilyn, ne te teins pas les cheveux, tu vas les abîmer » ?

– Ne sois pas stupide.

– Et qu'est-ce que tu fais de Pamela Anderson, hein ? Tu imagines cinq secondes Mme Anderson lui dire...

Maman m'a jeté sa pantoufle à la tête. Parfait, voilà qu'on en vient aux violences familiales. Je me demande si je ne vais pas appeler SOS Enfants Battus.

14 h 00 Moa souis fai oun mousque. Pou plou bougeu lao figoure.

14 h 30 J'ai bouché le lavabo avec mon masque au jaune d'œuf.

16 h 00 Début de la phase maquillage.

16 h 30 Double merde. Faut tout recommencer. Je me suis fourré la brosse à mascara dans l'œil. Résultat, il est tout rouge. Et il pleure.

17 h 30 Je suis allongée sur mon lit avec des tranches de concombre sur les yeux pour les faire dégonfler.

17 h 50 Libby est entrée sans faire de bruit et elle a croqué une de mes tranches de concombre. J'ai eu un de ces chocs en voyant sa petite bobine penchée au-dessus de ma figure !

18 h 00 Coup de fil d'Ellen. On se retrouve devant la halle à huit heures et demie.

minuit Soirée trop GÉNIALE ! ! ! Top de chez top de chez top. Robbie m'a EMBRASSÉE. Super-Canon est descendu sur terre. Totale extase.
La musique était excellente. Avec Jas, Leo, Ellen et Tom, on s'est fait des numéros danse à mourir de rire. Lindsay était là, l'air pincé. Robbie chantait comme un dieu. Au début, je ne me sentais pas trop de danser devant lui et puis, petit à petit, j'ai commencé à prendre mon pied. J'ai montré à Tom et à Jas un enchaînement que j'avais mis au point dans ma chambre et après, ça s'est passé exactement comme dans les films, tout le monde (c'est-à-dire des tonnes de gens) s'est mis à faire pareil que nous. Mais ça donne chaud et je n'avais plus de souffle. Alors, j'ai profité d'une des pauses du groupe pour aller prendre l'air dehors. Ça ne faisait pas trois secondes que j'étais là quand Robbie s'est pointé… Je ne vous dis pas comment je me suis sentie mal. J'ai voulu rentrer mais il a posé sa main sur mon bras.

– Je peux te parler une seconde, Georgia ?

– Oui, bien sûr…

Il n'avait pas l'air très à l'aise non plus.

– Écoute, s'il s'agit de Jas et de Tom, je suis désolée de t'avoir contrarié… Je trouve Tom super et Jas l'adore.

– Tant mieux, mais il ne s'agit pas d'eux. Voilà, je voulais juste te donner ça…

Et pof, il m'embrasse ! ! ! Je ne vous raconte pas l'état de liquéfaction de la fille, une vraie méduse. C'était trop bien. Un baiser style vingt sur dix. J'ai tout eu, les feux d'artifice, les orchestres, les vagues qui s'écrasent contre les rochers, la totale… je ne sais pas combien de temps ça a duré. J'étais limite pâmoison.

Quand on est revenus sur terre, il m'a fait :

– Ça fait trop longtemps que j'en ai envie mais je sais que c'est pas bien.

J'ai voulu lui répondre mais j'avais perdu l'usage de la parole, ça sortait tout en désordre :

– Ng ng… ça va. Mais ng ng, c'est bien. Ce que je veux dire c'est que, je, ce que, toi et, toujours même quand je ng.

Il m'a regardée comme si je parlais chinois. Mais je ne parlais pas le chinois, je parlais le n'importe quoi.

Puis un des types du groupe est sorti et Robbie a fait une espèce de bond en arrière comme s'il avait été monté sur ressort. En rentrant dans la halle, il m'a dit.

– OK, Georgia, tu le diras à Tom s'il te plaît ? A plus.

– A plus ?

Qu'est-ce qu'il voulait dire par là ? Et voilà que ça recommençait ! ! ! Bien sûr, j'ai raconté mon aventure à Jas.

– Mais qu'est-ce qui va se passer maintenant ? Tu es devenue sa maîtresse ou quoi ? Et qu'est-ce qu'il veut dire par « à plus » ? Est-ce qu'il faut comprendre « à plus » ou bien « à plus » ?

Je lui ai mis la main sur la bouche pour la faire taire. Quand Robbie est remonté sur scène, je me suis tordu le cou pour arrêter de le fixer comme une demeurée. Ce type était canon et il m'avait embrassée ! ! !

A la fin du concert, en passant à côté de moi, Robbie m'a fait :

– Je t'appelle.

Puis il est allé rejoindre Lindsay. Elle a mis son bras autour de son cou et j'ai détourné les yeux.

Quand va-t-il m'appeler ?

En rentrant, j'ai trouvé Angus et Libby dans mon lit. J'ai dormi toute recroquevillée avec les pieds dehors. Mais je m'en foutais.

Mardi 22 juin

17 h 00 Je ne sais pas si c'est moi ou si c'est le temps, mais j'ai tout le temps chaud.

Trois jours et toujours pas d'appel.

Mercredi 23 juin

11 h 00 Pas d'appel.

Jeudi 24 juin

18 h 00 Coup de fil à Jas.

– Il m'a toujours pas appelée.

– Laisse-moi faire. Avec Tom, je vais savoir ce qui se passe.

– Oui, mais promets-moi de la jouer subtile, Jas.

– Non mais tu me prends pour qui ? Je sais ce que c'est que la subtilité.

– Excuse-moi, mais en ce moment j'ai les nerfs en pelote et je veux que personne soit au courant avant que je sache moi-même de quoi il retourne.

– Détends-toi, ma vieille. Mon deuxième prénom, c'est Cool.

– Ah, bon ? Je croyais que c'était Pollyanna.

– Bien sûr que c'est Pollyanna. Ma mère a adoré le film mais c'est pas ce que je voulais dire. Et puis tu m'avais promis de ne jamais en parler.

– Pas faux mais n'oublie pas de la jouer fine, d'accord ?

– Évidemment. Quitte pas une seconde.

Puis je l'ai entendue hurler dans l'escalier :

– Maman, est-ce que tu peux demander à Tom de descendre ?

Il y a eu un bruit de conversation dans le lointain puis la mère de Jas a hurlé du premier.

– Tom te demande ce que tu veux ? Il vient juste d'installer l'ordinateur et il ne peut pas bouger pour l'instant.

Rehurlement de Jas :

– Est-ce que tu peux lui dire que Robbie a embrassé Georgia et qu'il lui a dit qu'il l'appellerait mais qu'il ne l'a toujours pas fait. Est-ce qu'il sait quelque chose à ce sujet ?

Je n'en croyais pas mes oreilles. Mais ça n'a fait qu'empirer parce que la mère de Jas s'en est mêlée.

– Robbie a embrassé Georgie ? Mais je croyais qu'il sortait avec Lindsay, je me trompe ?

Rehurlement de Jas.

– Oui, il sort avec elle mais il sait plus où il en est.
Maintenant c'était Tom qui hurlait.
– C'était quel genre de baiser ?
– Je pense que c'était un six.
J'AURAIS VOULU LA TUER.
– Jas, Jas. FERME-LA ! ! ! ! !

Vendredi 25 juin

13 h 00 Lindsay est venue me trouver à l'heure du déjeuner. De près, elle est encore plus nulle que de loin. Elle a des espèces d'yeux bleus tout mouillés qui clignent sans arrêt, on dirait une chauve-souris à yeux bleus. Bref, la bigleuse m'a fait :

– On m'a dit ce qui s'était passé samedi.

J'ai légèrement pâli.

– Qu'est-ce qu'on t'a dit ?

J'essayais de gagner du temps.

– On m'a dit que tu avais dragué mon copain.

Comment osait-elle me croire capable d'un truc pareil ! J'ai viré cerise mûre.

– Quel est l'imbécile qui t'a dit ça ?

– C'est Robbie.

Je ne pouvais pas y croire.

– Il m'a dit que tu l'avais suivi pendant la pause et que tu t'étais littéralement jetée sur lui. Il m'a dit qu'il était navré pour toi et qu'il était horriblement gêné.

J'ai juste été capable de bredouiller un truc incohérent.

– Je te donne donc un conseil, Georgia. A l'avenir, évite de te montrer aussi ridicule. Et ne recommence plus jamais ça, vilaine petite fille !

Je n'ai pas pu m'empêcher de penser aux Égyptiens de l'Antiquité qui sortaient le cerveau des gens par leur nez avec une cuillère à long manche. Évidemment, les gens étaient morts avant mais dans le cas de Lindsay, vivante ou morte, ça ne faisait pas grande différence. Il fallait que je me procure d'urgence quelques cuillères pour lui sonder son immonde nez retroussé.

18 h 00 Jas va soutenir sa copine Georgia contre Lindsay.

– Tu crois que Robbie a vraiment dit que je m'étais jetée sur lui ?

Je savais que je pouvais compter sur elle.

– Non, bien sûr que non… Dis, tu l'as pas fait au moins ?

18 h 30 Oh pourquoi ? Comment a-t-il pu être aussi ignoble pour dire un truc pareil ? Oh, je le hais, je le hais.

minuit Je le hais, je le hais.

0 h 30 Oh, je l'aime, je l'aime !

JUILLET

SUPER-CANON EST DESCENDU SUR TERRE

Jeudi 1er juillet

A la cantine

13 h 00 Lindsay a laissé son café sur la table pour aller chercher son sac. J'ai craché dedans (pas dans le sac, dans le café. Note que si j'avais la moindre chance de le faire, je cracherais également dans son sac). Je la hais.

Jackie et Alison me tapent encore plus sur les nerfs depuis qu'elles ont décidé d'être mes copines. Ce matin, Jackie m'a apporté une tablette de chocolat. Demain, ce sera une pomme. Quel monde pitoyable que celui dans lequel il suffit de tordre des bras pour être couverte de cadeaux.

16 h 00 Je suis super en colère contre Robbie. J'aimerais bien lui dire ce que je pense de lui mais j'ai trop d'amour-propre.

16 h 30 J'ai appelé Robbie (Jas m'avait filé le numéro). Dès qu'il a répondu, je lui ai raccroché au nez.

16 h 45 Re-coup de fil à Robbie.
– Salut, Robbie, c'est Georgia.

Méchante expiration puis :

– Euh… je n'arrive pas à mettre la main sur ce polycopié que tu m'as demandé, Mike. Je peux te rappeler plus tard ? Merci. Salut.

16 h 50 Coup de fil à Jas.
– Ça veut dire quoi s'il m'appelle Mike ?

– Tu veux mon avis ? Je crois que Lindsay était dans les parages.

17 h 30 Suis au lit, les rideaux tirés.

17 h 45 Maman est montée me voir.
– Tu veux qu'on parle, ma Georgie ?

– Oui, de suicide.

– Ça ne peut pas être aussi grave que ça.

– Si justement. C'est même pire. Je ne veux plus vivre ici. Je déteste l'école. Et je déteste l'Angleterre.

– Est-ce que tu crois qu'un voyage en Nouvelle-Zélande cet été te changerait les idées ? On pourrait visiter Disneyland en passant.

– Je m'en fous complètement.

18 h 30 Si les hommes sont comme ça, je me fais lesbienne.

19 h 00 J'ai regardé des photos de Pamela Anderson en essayant de m'imaginer que je l'embrassais.

19 h 05 Je n'y arrive pas. Je ne peux pas m'empêcher de penser à la moustache de Mlle Stamp. Et au frotti-frotta.

19 h 10 Si je me faisais bonne sœur, alors ?

20 h 00 Je renonce. Si je me tire les cheveux en arrière comme les bonnes sœurs, mon nez ressort cent fois plus. Note que ça n'a sûrement pas d'importance d'avoir un pif surdimensionné quand on passe sa vie à sauver des pauvres et à leur faire de la soupe.

21 h 00 Coup de fil pour moi.
– C'est qui ?
Maman :
– Je ne sais pas. C'est un garçon.

21 h 30 Robbie m'a donné rendez-vous demain à la maison après les cours. Il m'appelait d'une cabine. Il a dit qu'il ne pouvait pas m'expliquer maintenant mais qu'il me dirait tout demain. S'il s'imagine qu'il va s'en sortir avec une « explication », il se goure gravement. J'ai ma fierté et sur le sujet « explication », il va m'entendre.

21 h 45 Qu'est-ce que je vais mettre ? Et si je séchais l'école demain, histoire d'avoir le temps de me faire un maquillage super naturel ?

Vendredi 2 juillet

8 h 05 Bisous bisous à maman et à Libby. Puis je file retrouver Jas comme d'hab.

– Salut, ma vieille. Aujourd'hui, pas de collège pour moi, j'ai rendez-vous avec Robbie. Tu as qu'à leur dire que j'ai mes mickeys grave. OK ? Merci.

Retour à la maison. J'ai attendu le départ de maman et de Libby et je suis rentrée.

Emploi du temps de la journée :

1. Bain de vapeur sur le visage
2. Application de masque
3. Choix de tenue
4. Rangement de chambre (en clair, tout balancer par terre et pousser sous le lit)
5. Mettre des livres prise de tronche sur ma table de nuit (ne pas oublier de cacher les bandes dessinées et les magazines spécial garçons)
6. Enlever le poster de Benny Hill en caleçon
7. M'assurer que Libby n'a pas fait pipi ou popo dans un coin de la chambre.

11 h 00 J'étais en train de ranger mes affaires quand j'ai entendu la porte d'entrée s'ouvrir. Si c'était un voleur, je n'avais que la pince à épiler de maman pour me défendre. Où était passé Angus ? Il n'est jamais là quand on a besoin de lui, celui-là. Ça fait des heures que je n'ai pas vu le monstre.

11 h 02 Mais ce n'était pas un voleur. C'était bien pire… c'était maman. Et elle n'était pas seule. Il y avait Jem avec elle. On m'aura tout fait. Ma mère a une liaison avec un peintre maintenant. Et en plus, elle est plus vieille que lui. Et puis je vous ferai dire que j'ai déjà un père et il est assez nul comme ça. Mais mieux vaut un père qu'on connaît qu'un peintre qu'on ne connaît pas.

Dès qu'ils sont entrés dans le salon, je suis descendue en catimini pour écouter leur conversation. Comme je n'entendais rien, je me suis collé l'oreille contre le trou de la serrure pile au moment où Jem disait :

– C’est cette porte qui colle. Je vais…

Et là, la porte s’est ouverte et je me suis scratchée sur le sol.

midi Suis au lit. J’ai fait croire à maman que je m’étais évanouie. Du coup, il a fallu que je reste par terre jusqu’à ce qu’elle me mette un truc immonde sous le nez (des sels). J’ai cru que ma tête allait exploser. Je lui ai raconté des salades. Je lui ai dit que je m’étais sentie toute faiblarde en allant au collège.

Maman m’a mise au lit avec une aspirine. Trois secondes plus tard, j’entendais la porte d’entrée claquer, puis elle qui montait.

– J’ai pris une heure pour discuter des derniers points de détail avec Jem.

– Pas rapide comme gars, c’est le seul à qui il faut deux cents ans pour refaire une pièce. Libby pense que c’est son nouveau papa.

Maman a éclaté de rire.

– Ne sois pas stupide. Qu’est-ce qui te fait croire un truc pareil ?

– Elle appelle Jem « mon nouveau papa ».

Maman a fait celle qui n’avait rien entendu.

– Bon, il faut que je retourne travailler. Tu es sûre que ça va aller ?

– Moi, ça va aller mais TOI ?

(Ma question était bourrée de sous-entendus mais visiblement elle ne percutait pas.)

Quelques minutes plus tard, elle passait à nouveau la tête.

– Écoute Georgia, je sais que tu adores le drame mais, désolée de te décevoir, je ne vis pas de passion torride avec Jem.

– C’est quoi alors ? Une passion tiède ?

Elle s'est rassise au bord du lit.

– Ni torride, ni tiède, il n'y a pas de passion. Ton papa me manque horriblement.

C'était atroce parce qu'elle avait les yeux tout mouillés en disant ça.

– Pas sa moustache quand même.

– Sa moustache, non. Mais lui, oui. Je l'aime, tu sais. Pas toi ?

– Comme ça.

Elle m'a embrassée.

– Je sais que tu l'aimes beaucoup. C'est juste que tu es un peu lunatique et puis, il faut bien souffrir un peu, c'est ça ? Mais ce n'est pas grave, on va le revoir bientôt, ton papa.

Puis elle est partie. Dieu du ciel, s'il y a bien un truc dont j'ai horreur, c'est d'avoir à discuter des parents à tout bout de champ ! J'aimerais bien que papa soit là, comme ça je n'aurais plus à y penser. C'était comme ça avant.

16 h 00 Robbie sera là dans une demi-heure. Je ferais mieux d'aller faire pipi. Ça ne fait que dix fois que j'y vais en un quart d'heure. J'espère que je ne suis pas devenue incontinente sinon je vais être obligée de mettre des couches énormes… Robbie ne le supportera jamais. Si jamais il devient célèbre, il ne pourra pas se permettre d'avoir une copine qui porte des couches.

18 h 30 Robbie vient de partir. Je me sens aussi vide qu'une noix de coco évidée. Dieu qu'il était canon ! Tout en noir avec cet air un peu grave. Quand j'ai ouvert, il m'a fait un sourire d'enfer et juste après, il m'a plaquée contre lui (assez fermement, je dois dire…). Je me suis rappelé à temps que j'étais en colère contre lui et je ne l'ai embrassé qu'une demi-heure.

– Comment as-tu pu dire à Lindsay que je m'étais jetée sur toi ?

La question le surprenait visiblement.

– J'ai jamais dit ça.

– C'est vrai ce mensonge ?

– Oui. Je n'ai rien dit à personne.

– C'est pourtant ce qu'elle m'a dit.

Il est devenu tout mal à l'aise.

– Et au fait, tu es fiancé avec elle ou pas ?

Ce coup-ci, il nageait complètement.

– Fiancé ? Qu'est-ce qui te fait croire ça ?

– Eh bien, au collège, elle porte une bague de fiançailles et elle raconte à tout le monde que c'est toi qui lui a offerte.

Il s'est assis.

– Ça, c'est pas bien du tout.

J'aurais bien voulu continuer à être en colère contre lui mais il était trognon, je n'ai pas pu. Puis il m'a regardée droit dans les yeux. J'ai essayé de ne pas cligner les miens parce que je sais qu'on perd tout sex-appeal.

– Écoute, Georgia, je suis très embêté. Pour ne rien te cacher, j'essaye de trouver un moyen de rompre avec Lindsay mais je ne veux pas lui faire de mal.

– Pas facile, facile. C'est sûr qu'elle en pince pour toi. Note que j'ai peut-être une idée…

Ça l'a regonflé d'un coup.

– C'est quoi ?

– Je vais aller la trouver et je vais lui dire que c'est une grosse nouille et qu'elle est larguée. Ça devrait marcher.

Il a ri.

– Tu es siphonnée, Georgia. De toute façon, c'est mon problème et c'est à moi de le régler. Mais j'ai autre chose à te dire.

Ça y est, on y est, je me disais (sans cligner des yeux bien sûr), il va me sortir :

– Tu es la femme de mes rêves. Est-ce que tu veux bien être ma copine ? Tu es la nana la plus top que j'aie jamais...

J'en étais là de mes pensées quand il m'a interrompue.

– Il faut que je te dise... Ce serait pas bien si je... Bref, tu me plais beaucoup (je me suis efforcée de ne pas trop montrer mon contentement en souriant béatement, des fois qu'il change d'avis en voyant mon nez avancer dangereusement), mais je ne peux pas sortir avec toi.

– Pourquoi ?

– Parce que tu es trop jeune. Je vais avoir dix-huit ans. Ce serait vraiment pas bien. J'aurais l'impression de te prendre au berceau.

Je ne me suis pas laissé faire.

– C'est même pas vrai que j'ai quatorze ans. En fait, j'ai quinze ans et demi. C'est juste parce que je suis un peu limite que j'ai redoublé.

Il a ri mais plutôt tristement cette fois-ci. Puis il m'a embrassée, style dernier baiser et il est parti.

minuit Trop jeune pour lui. Oh merde merde, double merde !

Je me demande où est passé Angus. Ça irait mieux avec un truc à câliner même si je devais me faire mordre jusqu'au sang.

Lundi 5 juillet

11 h 30 *Mucho excitemondo !!!!* Robbie a largué Lindsay !!!! Hourrah !!!! Elle est arrivée au lycée avec les yeux gonflés comme des bonbecs bouillis. En me croisant dans le couloir, elle m'a dit :

– J'espère que tu es contente maintenant, ignoble petite fille.

Ignoble petite fille, c'est mignon, non ?

J'aurais bien aimé lui sortir : « Au moins, moi, je me fourre pas des trucs en caoutchouc dans le soutif et un bout de ficelle entre les fesses. » Mais, malheureusement, elle commençait à me faire pitié. Après tout, elle n'aurait plus jamais de petit copain, elle, alors que moi, même si je devais attendre un an, un jour je serais suffisamment vieille pour sortir avec Robbie.

17 h 30 Super cafard. Un an, c'est atrocement long. Et si jamais il rencontrait quelqu'un d'autre avant que je sois assez vieille pour lui ?

18 h 30 Toujours pas le moindre signe d'Angus. Ça ne lui ressemble pas. Il est toujours là pour son miam-miam.

19 h 00 Tour du quartier pour essayer de retrouver Angus. J'ai pris une souris morte et une côtelette pour l'appâter.

19 h 15 Je viens de buter dans Mark en train de rouler des pelles à une fille… Il n'arrête pas une seconde, celui-là ! S'il s'avère exact que l'usage intensif de certaines parties du corps (seins, etc.) contribue à les faire augmenter de volume, il se peut qu'il ait eu les lèvres très minces à la naissance et qu'en bécotant les filles à tour de bras, il les ait trop stimulées.

21 h 30 Toujours pas d'Angus. J'aurais donné cher pour le retrouver en rentrant, caché derrière un rideau, prêt à me sauter sur les jambes.

23 h 00 Pas d'appel, pas d'Angus. Libby s'est glissée dans mon lit.

– Où est gros minou trouduc ?

Sa question a failli me faire fondre en larmes. Je l'ai serrée fort dans mes bras mais ça l'a mise dans une telle colère qu'elle m'a mordu au menton.

J'ai rêvé de Robbie. Dans le rêve, j'étais blonde.

Mardi 6 juillet

19 h 30 Eurêka ! ! ! J'ai trouvé ! ! ! Je sais ce que mon rêve essayait de me dire. Il existe un moyen de convaincre Robbie que je suis plus mûre que mes quatorze ans… Il suffit pour ça que je me teigne une mèche en blond. Voilà la solution pour paraître plus vieille ! ! !

Toujours pas trace d'Angus.

Maman m'a dit aujourd'hui :

– Je ne veux pas te faire de peine, mon cœur, mais tu sais bien qu'il court après les autos et que, parfois, il les attaque… Il se pourrait bien que cette fois-ci, il ait eu un petit accident.

Je refuse d'envisager cette éventualité.

minuit Je pense à toutes les choses atrocement tristes qui arrivent à tous les animaux dans le monde. Je pense aux bébés poulets dont les parents partent soi-disant en promenade pour la journée et qui ne reviennent jamais parce qu'il y a des gens qui sont en train de les manger. Et à tous les bébés moutons qui voient leurs papas et leurs mamans monter dans des camions... Oh, c'est trop dur. Je ne mangerai plus jamais de viande.

1h00 D'après ce qu'on dit, les légumes seraient sensibles à la douleur. Quand je pense à tous ces bébés pommes de terre, bien au chaud sous terre avec leurs petits frères et leurs petites sœurs pommes de terre, qui sont arrachés par une main énorme et qui finissent débités en rondelles. Oh, mon Dieu, je ne pourrai plus jamais manger de chips.

2h30 Qu'est-ce que je vais pouvoir manger ?

4h00 Et si je me laissais mourir de faim, est-ce que Robbie me trouverait suffisamment adulte ?

Mercredi 7 juillet

8h00 J'ai le moral dans les souliers et je suis toute tourneboulée. Angus me manque. Il manque même à maman. Mais pas à la Mère Porte-à-Côté. Quand je suis allée lui demander si elle l'avait vu, elle m'a fait :

– Non. Je suis même certaine qu'il n'est pas venu dans mon jardin parce que je n'ai trouvé aucun cadavre d'aucune sorte, rien n'a été déterré et mon chien ne s'est pas transformé en pile électrique.

Je la hais. J'espère que son mari restera coincé dans la serre, comme ça, elle saura ce que je ressens. Elle comprendra ce que c'est qu'un vrai chagrin.

La douleur.

14 h 30 Bataille à l'encre en cours d'éducation religieuse. D'habitude ça me met toujours en joie mais là, je n'arrivais même pas à viser correctement.

Au collège, les filles racontent que Lindsay ne mange pas et qu'elle a ce truc, comment ça s'appelle déjà... ah oui, l'anorexie. Vu comme elle est maigre, je ne vois pas comment on pourrait le savoir.

On est presque aux grandes vacances. Plus que quelques jours avant de quitter cet enfer.

Vendredi 9 juillet

8 h 50 C'est sûr maintenant, Angus a dû se faire écraser. Il me manque. On a vécu tellement de choses ensemble. Espèce de monstre stupide que j'aime tant. Il semblerait que je sois vouée à perdre tout ce que j'aime.

Dimanche 11 juillet

14 h 00 On a quadrillé tout le quartier de Jas. Peut-être qu'un jour Angus m'a suivie et qu'il s'est perdu. On était devant chez elle quand Robbie est arrivé dans sa Mini. Il avait l'air un peu contrarié mais j'avais trop le cafard pour m'en soucier.

– Vous avez retrouvé Angus ?

– Non. On a cherché partout.

Mercredi 14 juillet

15 h 30 A quelque chose malheur est bon. Les copines se faisaient bronzer près des courts de tennis et, moi, je réfléchissais assise à l'ombre contre un mur juste à côté de la cabane d'Elvis quand je le vois partir faire ses courses, son cabas à la main… Quelle tête de nœud celui-là. En partant, il a tiré la porte de sa cabane sans la verrouiller. Je n'avais rien de mieux à faire, alors j'ai pensé que je pouvais aller m'asseoir un peu dans sa hutte pour voir ce que ça faisait d'être gardien de collège.

Il n'y avait pas grand-chose à l'intérieur. Une table, une chaise, un petit frigo et des magazines. Je me suis assise et j'ai commencé à les feuilleter… Ma mâchoire a failli se décrocher. C'étaient des magazines cochons, si vous voyez ce que je veux dire ! Avec de ces titres, *Fiesta*, *Grosses louloutes*, etc. Il y en avait un en particulier, bourré de photos d'amateurs posant avec leur femme dans l'intimité de leur chambre à coucher. Certains étaient atrocement gros. J'ai poussé jusqu'à la double page centrale et là, qu'est-ce que je vois ? ELVIS et MME ELVIS ! ! ! ! ENTIÈREMENT À POIL ! ! ! ! ! Je n'en croyais pas mes yeux. Elvis posant debout à côté d'une bouilloire comme s'il allait faire du thé et Mme Elvis également à poil en train de faire la vaisselle ! ! !

J'ai pris le magazine et je l'ai fait passer dans toute la classe. On a ri comme des bossues tout l'après-midi. Il suffisait qu'il y en ait une qui dise « Une tasse de thé, chérie ? » pour que ça reparte de plus belle. J'en ai encore mal au ventre.

Elvis sait que quelqu'un a pris son magazine mais il ne peut rien dire. Si jamais je le croise, je ne manquerai pas de laisser glisser mon regard jusqu'à sa braguette…

12 h 00 Joie, joie et double joie. Youpi ! Robbie vient d'appeler. Il a retrouvé Angus ! Il était en train de patrouiller dans les rues quand il a entendu des chiens aboyer. Il s'est approché pour voir ce qui se passait et il a vu mon Angus attaché à un piquet. Des gens l'avaient retrouvé, la patte tout abîmée. Alors ils l'avaient bandée et ensuite ils avaient attaché Angus en attendant que les propriétaires se manifestent. Ils avaient collé des avis partout mais je n'en ai vu aucun.

Robbie m'a dit que les gens étaient atrocement contents de s'en débarrasser vu qu'il leur avait déjà mangé deux paillassons et une corde à linge. Ils ont du bol de s'en sortir à si bon compte.

Bref, Robbie me le ramène à 5 heures.

13 h 00 Maman est sortie et je suis bien décidée à faire comprendre à Robbie que je suis beaucoup plus vieille qu'il y a quinze jours. Je n'ai pas un sou en poche et comme une égoïste, maman est partie avec son porte-monnaie. Mais J'AI UN PLAN.

14 h 00 Je sais que dans l'armoire à pharmacie, il y a une bouteille d'eau oxygénée. C'est celle de grand-mère. Elle s'en sert pour nettoyer son dentier quand elle passe la nuit à la maison. Je vais me faire une mèche blonde terriblement classe juste sur le devant.

14 h 30 Ça y est, je m'en suis mis. Je me demande combien de temps il faut le laisser. Ça me pique le crâne, c'est sûrement bon signe.

15 h 30 C'est sorti orange ! Oh nom de Dieu, faut que j'en remette.

16 h 15 Maintenant, ça tire sur le jaune vif. J'ai l'air d'un canari.

17 h 00 Dieu merci, ça a enfin viré au blanc. Je trouve ça pas mal. Évidemment, les cheveux sont un peu rêches. Ils finiront bien par redevenir doux un jour ou l'autre. J'ai l'impression que ça me vieillit d'au moins quatre ans.

17 h 30 Robbie est là avec Angus. J'étais tellement contente de le retrouver que je me suis précipitée pour lui faire un câlin mais j'ai été arrêtée dans mon élan par un grand coup de patte accompagné de nombreux crachats. Il n'y a eu que la patte de lapin pour le calmer. Dès qu'il l'a eue, il s'est mis à ronronner (Angus, pas Robbie).

Quand je me suis relevée, Robbie a remarqué ma mèche. Il était impressionné. Ça se voyait.

– Heu… Tu as un truc blanc dans les cheveux.

– Ça te plaît ?

Silence. Je me disais dans ma tête : « Vas-y, embrasse-moi, embrasse-moi ! » Mais à la place, il m'a fait :

– Écoute, c'est pas facile pour moi. Je crois que je ferais mieux d'y aller.

– Merci pour Angus.

– C'est rien. Je savais que tu y tenais. Je pense que les griffures finiront par cicatriser un jour ou l'autre et je me trouverai bien un autre pantalon.

Au moment où il allait partir, je me suis dit qu'il fallait absolument que je tente encore une fois de lui montrer à quel point j'étais mûre et classe pour une fille de mon âge. J'ai rejeté la tête en arrière comme dans les films, puis je me suis passé la main dans les cheveux. Erreur fatale. La mèche blanche s'est détachée de mon crâne. J'étais là comme une idiote avec ce truc dans la main. Robbie avait les yeux qui lui sortaient de la tête. Il a regardé la mèche, il m'a regardée et il a éclaté de rire.

– Tu es une drôle de fille, tu sais !

Et hop, il m'a embrassée ! (J'ai balancé la mèche sur le canapé et Angus a sauté dessus. Sûr qu'il s'est dit que c'était un hamster ou un truc du genre.)

Après un certain nombre de baisers de niveau six, il m'a fait :

– Écoute, Georgia, disons qu'on peut commencer à sortir ensemble un peu sans trop brusquer les choses… pour voir ce que ça donne. Et peut-être qu'on n'en parle pas trop autour de nous au début, d'accord ?

Ainsi, tout est bien qui finit bien. On dirait presque que je serais la copine de Robbie, hahahahahahaha. Oh, les amours d'été !

Fin

21 h 00 Retour de maman.

– Tout est en ordre. Ça y est, je les ai ! ! !

Moi (style sur un nuage rose) :

– Tu as quoi au juste, Mutti ?

– J'ai nos billets !

– Nos billets pour quoi ?

– Pour la Nouvelle-Zélande. Comme tu m'as dit que tu en avais marre d'être ici, j'ai réservé les places et papa a payé les billets. On part la semaine prochaine.

Putain de sacré bleu et merde ! ! ! ! !

Loi n° 49-956
du 16 juillet 1949
sur les publications
destinées à la jeunesse
P.A.O. : Françoise Pham
Imprimé en Italie
par G. Canale & C.S.p.A.
Borgaro T.se (Turin)
Premier dépôt légal : Novembre 2002
Dépôt légal : Septembre 2003
N° d'édition : 126832

ISBN 2-07-053799-4